徳 間 文 庫

洗い屋十兵衛 影捌き

隠 し 神

井 川 香 四 郎

徳 間 書 店

目次

主な登場人物

月丸《つきまる》 十兵衛《じゅうべえ》
谷中富士見坂《やなかふじみざか》で「洗い張り」を営んでいる浪人。辛《つら》い人生を洗い流し、新たな生活を手配する裏稼業〈洗い屋〉をしている。

菊五郎《きくごろう》
元岡っ引きの髪結いの亭主。十兵衛の仲間。

さつき
両国橋西《りょうごくばし》詰めあたりで占い師をしている。十兵衛の仲間。

半次《はんじ》
元勧進《かんじん》相撲の関取。谷中富士見坂にある『宝湯』の主。十兵衛の仲間。

久保田万作《くぼたまんさく》
北町奉行所の定町廻《じょうまちまわ》り同心。

伊蔵《いぞう》
久保田の手下《てか》の岡っ引き。

榊原主計頭《さかきばらかずえのかみ》
北町奉行。

有馬伊勢守忠輔《ありまいせのかみただすけ》
元若年寄で上総《かずさ》一宮《いちのみや》藩主。登城中に襲われ、命を落としたと思われていた。しかし、世の中から消えたことにして、世直しを目論んでいる。

第一話　隠し神

一

闇の中から、青白い人魂《ひとだま》のような光が現れて、まっすぐ近づいてくる。

提灯《ちょうちん》や龕灯《がんどう》でないことは、揺れていないことで分かる。宙に浮いたまま、一直線に向かってくる明かりに吸い込まれそうになって、さつきはハッと我に返った。

「え……なに……なに……？」

占《うらな》い師《し》をしているさつきは、まだうら若い娘で、前結びの帯で妙ちきりんな色合いと紋様《もんよう》の着物は、人目に付くために身にまとっているのだが、それは誘蛾灯《ゆうがとう》のように客を集めるためであった。しかし、夕立があって地面がぬかるんでいるせいか、客足は鈍く、寄ってきたのは人魂のような不気味な光だった。

ぶるっと背中が震えたさつきは、人気《ひとけ》の少なくなった通りを見廻《みまわ》した。

近くにある木戸番はいつの間にか灯《ひ》を落として、木戸も閉じてある。さつきがここに小さな『八卦見《はっけみ》占い』と文字が浮かぶ小さな箱提灯と見台《けんだい》を置いて、腰を据えたのは、夕立が上がってからだが、まだ時刻も経《た》っていないはずだ。今日は、昼間からずっと占いをしていたから疲れてはいたが、少しうとうとっとしたと思ったが、随分《ずいぶん》と時が過ぎたのであろうか。異界にでも迷い込んだような不思議な感覚に囚《とら》われた。

「――おかしいなあ……」

もう一度、ゆっくりと見廻してみたが、常夜灯も消えており、路地裏に洩《も》れているはずの商家の明かりもなく、裏店《うらだな》からの喧噪《けんそう》も聞こえず、川船の櫓《ろ》の音や波の音、風の音や犬や猫の声すら消されてしまっている。さつきには、

――時が凪《な》いでいる町。

のように感じた。夕暮れに起こる〝逢魔《おうま》が時《とき》〟とは違った、得体《えたい》の知れない不気味さが漂っていた。

青白い光はゆっくりと近づいてくると、さつきの体を包み込んだ。途端、さつきに急な眠気が襲ってきて、目の前がぼんやりとなった。周りの風景が歪《ゆが》んだように見えた。

どれくらい時が経ったのか——。

ふっと我に返ったさつきは、谷中富士見坂《やなかふじみざか》にある『宝湯《たからゆ》』の二階で眠っていた。

「あ……」

起き上がろうとすると体が重くて、節々《ふしぶし》が痛い。目の前には、この湯屋の三代目当主の半次《はんじ》が、心配そうに覗《のぞ》き込んでいる。でっぷりと肥えているのは食い過ぎではなくて、元は勧進相撲《かんじんずもう》の関取だったからだ。

思わずさつきは着物の胸元を閉じるような仕草で、

「半次さん……何かしようとしたんじゃないでしょうね……」

と緩んだ帯にも触れた。

「ご挨拶《あいさつ》だな。道端で倒れてたから、俺が運んで来てやったんじゃねえか。礼を言って貰《もら》いたいくらいだがな」

「他の人たちは……？」

浪人の月丸十兵衛《つきまるじゅうべえ》と遊び人の菊五郎《きくごろう》のことを言っているのだ。

この湯屋は、〝洗い屋〟の砦《とりで》のような所である。〝洗い屋〟とは、人生を洗い直したい人間の手伝いをする裏稼業《うらかぎょう》のことだ。人は世間のしがらみに縛られて、嫌々ながら仕方なく生きている者が多い。何処《どこ》か遠くで別の暮らしをしたくても、思うようにはいかぬものだ。

しかし、本気になれば、今の悲しくて辛《つら》い〝どん底〟のような暮らしから逃れて、新たな人生を生きることもできるはずだ。たとえば、人でなしの親や無慈悲な借金取りから逃れたいのは人情であろう。奉公先で酷《むご》い仕打ちを受けている者もいる。だが、逃げる術《すべ》を知らず、追い詰められた挙《あ》げ句《く》、死を選ぶ者のなんと多いことか。

そんな人々を、地獄のような日々から救い出して、別の人間として生きていく道筋をつけてやるのが、〝洗い屋〟の仕事である。さつきも占い師をしながら、そんな裏稼業を持つひとりであった。

「十兵衛の旦那は、近頃は表の仕事で忙しいらしいし、菊五郎さんも近頃は、髪結《かみゆ》いの亭主だから、賭場《とば》に入り浸りで裏稼業の方はサッパリご無沙汰《ぶさた》じゃないかねえ」

やる気がないのを責めているような半次の言い草を、さつきは奇異に感じて、

「何かあったのかい……？」

と起き上がって訊《き》いた。

「そうだな……別に、俺たちが仲違《なかたが》いをしたわけでもなんでもねえよ。ただ、あの御《ご》仁《じん》の影がちらちら出るようになってから、なんとなく、そっちの稼業に身が入らないというか……これでいいのかと悩んでいるんだ」

あの御仁とは、元若年寄《わかどしより》で、上総一宮《かずさいちのみや》藩主だった有馬伊勢守忠輔《ありまいせのかみただすけ》のことである。

有馬は若年寄の職にあるとき、登城中に浪人の武闘集団に襲われて、命を落とした。幕府の財政再建の先頭に立っていた有馬は、天領の年貢を上げることには消極的で、逆に幕府の家臣である旗本や御家人の俸禄《ほうろく》をぎりぎりにまで切り詰めたり、暇を出すことばかりに精力を注《つ》ぎ込んだ。そのために、大身《たいしん》の旗本はもとより、与力《よりき》や同心などの下級役人からも不満の声が噴出していた。

その矢先の事件だったから、幕閣《ばっかく》たちが驚愕《きょうがく》するのは無理からぬものだった。浪人集団は、自分たちに道理があるから「天誅《てんちゅう》！」と叫びながら有馬の命を奪ったが、その浪人集団のほとんどは、幕府の番方によって追い詰められて斬《き》り殺されるか自刃《じじん》をして果てている。それゆえ、事件の下手人《げしゅにん》が誰かという真相は闇の中に葬られたままだった。

そして、その襲撃事件自体が、茶番であったことを、十兵衛たちは、死んだはずの有馬自らの口から報《しら》されることになったのである。つまり——有馬は世の中から消えたことになって、一介の浪人として江戸の片隅で暮らしながら、〝洗い屋〟を操って、世直しをしようと目論《もくろ》んでいたのである。

「たしかに……俺たちより何代か前の〝洗い屋〟は、かの有馬様の父や祖父たちのもとで、隠密《おんみつ》のように働き、困った者を逃がしていたというが……今の俺たちには、関《かか》わりのないことだ」

半次はそう言った。

「俺たちは、十兵衛の旦那《だんな》のもと、純粋に生きる術をなくした哀れな人を、救うために力を貸しているだけだ」

「哀れな人を……ってけどさ、それは建前であって、本当は金儲《かねもう》けじゃないか」

さつきが鼻白んだ顔でそう返すと、半次は苦笑を浮かべつつ、

「建前ってのは、大事だぜ。それがしっかりしてないと、ちゃんとした家は建たない」

「そんな話はどうでもいいよ。私たち、誰かの命令で動くのは御免被《ごめんこうむ》るからね。でも、十兵衛の旦那は、何となく有馬様の〝世直し〟とやらに惹《ひ》かれているみたいだし、私たちが本来やるべきことを忘れてるんじゃないの」

「だな。俺もそれは気になってる」

じっとさつきの胸の辺りを見ていた半次は、ゴクリと生唾《なまつば》を飲んだ。豊かな胸をしており、しなやかな柳腰《やなぎごし》を目に浮かべたのだ。湯屋の主人の特権で、見たくなくても見えるのである。

「なによ、その変な目つきは……」

またぎゅっと襟を閉じたさつきに、半次は何でもないと首を振りながら、

「それにしても、どうして、あんな所にぶっ倒れてたんだ？　占いをしている最中に気分でも悪くなったのか」

「そうじゃないんだよ……なんだか、気色悪い青い光が……」

さつきは自分の身に起こったことを話して聞かせたが、狐火《きつねび》か何かを見ただけではないかと半次は言った。雨上がりであるから、燐《りん》が燃えたのではないかとも言った。辻占いをしていた根津権現《ねづごんげん》の前あたりは、その昔、獣が沢山《たくさん》死んでいたという。本当か嘘かは分からないが、骨が地中に埋まっていて、それが雨の日にはポッポッと青い火となって浮かぶというのだ。

「ううん。そんなんじゃなくて、もっと幻惑するような感じで……何とも気持ちの良いような気がしてきて……」

「死にかかったんじゃねえのか？　あの世に行きかかった奴はよく、眩《まぶ》しい仏の後光を見るってえが、そういうものじゃ」

「まだ若いんだよ、私は。変な冗談言わないでおくれな」

「なら、何だったんだ？」

「さあ……」

首を傾《かし》げるさつきに、半次は呆《あき》れ顔で、

「おまえは占い師だろうが。人のことはあれこれ言うくせに、てめえのことは分からないのか。それじゃヘボ占い師とからかわれても仕方がねえなあ」

「腹立つなあ、もう」

両手で爪を立てる真似をしたとき、ふいに障子窓の外から青白い光が射し込んできて、同時に冷たい風が吹いた。さつきは恐《こわ》そうに身を縮めて、思わず半次に抱きついた。

「なんでえ。ただの月の明かりじゃねえか」

「だって、ほら……」

指をさすと、障子窓の外でゆらゆらと何かが揺れている。

「バカだな。手拭《てぬぐ》いを干しているだけだ」

半次が障子窓を開けると、遠くの空に蒼月《そうげつ》がぽっかり浮かんでおり、木立がざわざわと音を立てていた。

「ちょいと仕事をし過ぎて疲れてるんだろう。今夜はここに泊まっていきな。湯につかって、その後で俺がじっくり揉《も》んでやるからよ。体の隅々まであちこちを……」

と言いかけると、さつきはキッと目を尖《とが》らせて、爪で半次の顔を引っ掻《か》いて飛び出し、階下に駆け下りた。

「痛《いて》えな……なんだよ、まったく……」

ぷくぷくとした頰《ほお》を撫《な》でながら、窓から眼下を眺めていると、さつきが富士見坂を駆け下りていく姿が見えた。

すると、そのさつきを尾《つ》けようとする人影が見えた。岡《おか》っ引《ぴき》の伊蔵《いぞう》だということは、すぐに分かった。これまでも何度も、事件絡みで〝洗い屋〟の周りを嗅《か》ぎ廻っている十手《じって》持ちで、北町奉行の定町廻《じょうまちまわ》り同心の久保田万作《くぼたまんさく》から御用札を与《あずか》っている。

「──なんだ……？　まったく、しつこい奴らだぜ……」

元若年寄の有馬もそうだが、北町奉行所の榊原主計頭《さかきばらかずえのかみ》も、月丸十兵衛が差配《さはい》する〝洗い屋〟の存在を知っており、町奉行所の手に負えない事件に関わる下手人を〝影《かげ》捌《さば》き〟するのに利用しようとしている節がある。それについては、十兵衛はキッパリと断っているが、お上《かみ》に逆らっている闇の組織が気にくわないのか、潰《つぶ》しにかかってきているようだ。

「やるなら、やってやるぜ、おい」

半次は股割《またわり》をすると、ゆっくりと四股《しこ》を踏んだ。

二

今日も夏風が心地よい。ざわざわと新緑の葉が揺れるときの匂いは清々《すがすが》しく、人の心もしゃきっとさせる。

いつものように地元の人々で賑《にぎ》わう谷中富士見坂の一角には、『洗い張り』の木札がぶら下がっている。

月丸十兵衛の店である。

その前に、長屋のおかみさん連中が集まって、稼ぎの良くない亭主の悪口や出来の悪い子供への不満をたらたらと話していた。井戸端会議なら、長屋でやってくれればいいものを、おかみさん連中はわざわざ、腰掛けになる箱や酒樽《さかだる》を十兵衛の店の前に置いて、実に楽しそうに話しているのだ。

狙《ねら》いは、役者のようないい男である十兵衛と四方山《よもやま》話《ばなし》をすることだ。当の十兵衛は、腹の中では厄介《やっかい》だなあと思いながらも、客でもある近所のおかみさん連中を無下に追い返すわけにもいかず、つまらない話にもつきあっているのだ。

店の中では、着流しに襷《たすき》がけの十兵衛が、火熨斗《ひのし》や焼き鏝《ごて》を使って、洗い張りをして縫い直したばかりの着物の皺《しわ》をじっくりと伸ばしていた。おかみさんたちの声はただの雑音にしか聞こえない。時々、十兵衛に何か問いかけたりしているが、曖昧《あいまい》に返事をしているだけだった。

「ねえ、旦那……どうして、嫁さんを貰わないんだい」

「そんないい男なのに、勿体《もったい》ないって、みんな噂をしてるよ」

「ああ、私があと十歳若かったら、押しかけてでも女房になっちまうのになぁ」

「二十若くても無理だよ、そんなオカメじゃ」

「本当は男が好きなんじゃないかえ？」

「役者は陰間茶屋《かげまぢゃや》に通うのも多いってからねえ」

「十兵衛の旦那も化粧させりゃ、坂田藤十郎《さかたとうじゅうろう》なんかより綺麗《きれい》なんじゃないかえ？」

「ねえ、十兵衛の旦那……またみんなで花火見物でもしようよ。屋形船を借り切ってさ、ねえ、いいだろう、旦那ア」

などと好きなことを話しているおかみさん連中の輪を断ち切るように、

「御免下さいな」

と妙齢《みょうれい》の女が店の外に立った。店は荷物の受け渡しをするための台があって、半反《はんたん》程のものなら広げることができる。間口はわずか半間《はんげん》程しかないが、その台が丁度、店の外と内の仕切りにもなっているのだ。

女は涼しげな菖蒲《しょうぶ》柄の着物に、艶《あで》やかな亀甲紋様の帯を締めて、儚《はかな》げな笑みを浮かべていた。少し細めている目が艶《つや》っぽい。周りにいるおかみさん連中は猪《いのしし》のような体つきだったから、いかにも華奢《きゃしゃ》に見える。

「獣に襲われる野兎《のうさぎ》のようだな」

十兵衛がさりげなく言うと、おかみさんのひとりが、また減らず口を叩《たた》いてと文句を言いながらも、

「旦那。こういう手合いの方が危ないんだよ。せいぜい気をつけないと、取り返しのつかない泥沼にはまるからね」

と諭《さと》すように言った。が、十兵衛はまったく気にする様子はなく、

「御用はなんでございましょう」

女に優しい光の目を向けた。それがいかにも口説《くど》くような目つきだったので、おかみさん連中の鼻息は荒くなって、お互いが押し合うようにして、その女の背後を取り囲んだ。

台の上に、女は風呂敷包みを置いて、

「中には喪服があります……そしてお礼も……もし、引き受けて下さるのでしたら、

今宵《こよい》、五つ頃、柳橋《やなぎばし》の船宿『徳舛《とくます》』までおいで下さい。その折に、詳しいお話を申し上げます」

鈴の音を鳴らすような小さな声で、女は十兵衛にささやくと、揺るぎのない黒い瞳で見つめて、願いを叶《かな》えて欲しいとでも言いたげに頷《うなず》いた。十兵衛はすぐに頷き返して、

「承知しました……では後ほど……」

と言うと、女は「御免下さいませ」としなやかに頭を下げて、楚々《そそ》とした足取りで立ち去った。後ろ姿もまた凜《りん》としていい。

「何を気取ってやがんだ、ねえ。あんな女、この谷中富士見坂には似合わないよーだ」

「まったく、いけすかない女……御免下さいませえ……だってさ」

「旦那も旦那だよ。あの程度の女に鼻の下伸ばしちゃってさ」

「晩酌の相手なら、ここに綺麗どころが沢山いるじゃないか、ねえ、ねえ」

相変わらず騒がしいおかみさん連中に背を向けて、風呂敷を奥に運んで開くと、そこには丁寧に折り畳んだ喪服の中に、封印小判がひとつあった。二十五両である。

これは、〝洗い屋〟に頼むときの儀式のようなもので、ひとつの形《かた》であるが、必ず

しも喪服である必要はなく、二十五両と決まっているわけでもない。自分が大切にしている着物を洗い直して、その費用として出来る限りのものを手渡し、残りは完遂《かんすい》したときに支払うというしきたりである。

その代わり、十兵衛たち〝洗い屋〟は、洗った人間のことは墓場に行くまで口外してはならず、万が一、後で犯罪者だと分かった場合は、始末することもある。殺しや騙《かた》りの下手人を逃がす闇の組織とは一線を画しているからだ。もっとも始末をするといっても、殺すわけではない。元に戻して、正当に裁かれるように導くだけである。

「一体、どんな女か……」

十兵衛は妙になまめかしい女の後ろ姿を、嫌らしい目になって思い出していた。

「いかん、いかん……半次や菊五郎と同じ輩《やから》になるところだった」

と、ひとり苦笑した。

今宵も、蒼《あお》い月だった——。

柳橋は、船宿や居酒屋がずらりと並び、ひっそりと客が訪れるような場所柄だった。

十兵衛が歩いて来ると、柄杓《ひしゃく》で水を撒《ま》いていた飲み屋の親父《おやじ》が、

「いい月ですねえ」

と声をかけてきた。が、十兵衛は何も答えずに、すぐ近くの目指す店に向かった。

柳橋の外れにある船宿『徳舛』は瀟洒《しょうしゃ》な作りで、玄関前の船着場には小さな屋形船が停泊している。仄暗《ほのぐら》い軒行灯《のきあんどん》には屋号が書かれてあって、それを確かめて暖簾《のれん》をくぐった途端、

「お待ちしておりました」

と下足番《げそくばん》の中年男が腰を屈《かが》めて、すぐさま出迎えてきた。

「俺が誰だか分かっているのかい」

「へえ。今日の客は、月丸様だけだと、女将《おかみ》から聞いております」

「そうかい……」

不審そうに見やると、下足番は十兵衛が脱いだ履き物を揃《そろ》えて置き、

「お刀もこちらで、お預かりしてよろしいでしょうか」

と両手を出した。

「ああ、構わないが……」

十兵衛は刀を預けると、脇差《わきざし》は腰に差したまま、二階に案内された。階段を上《のぼ》ってすぐの部屋に入ると、薄暗い行灯《あんどん》の中で、すでに昼間の女が待っていた。高膳《たかぜん》が向かい合ってふたつ置いてあり、簡単な煮物や和《あ》え物と、酒の銚子《ちょうし》が二、三本、置いてあ

った。

案内を終えた下足番が階下に下がると、女は昼間に見せていたような曖昧な笑みを投げかけながら、

「よう、お越し下さいました。まずはおひとつ如何《いかが》ですか」

「初めて会った人間の酒を受けるほど、恐い者知らずではないのでね……こう見えて、臆病《おくびょう》なんだよ」

「そうは見えませんが……」

女はゆっくり十兵衛の側《そば》によると、半ば強引に杯を持たせて、酒を注《つ》いだ。そして、別の杯には手酌で注いで、ぐいっと飲んでみせてから、

「毒なんか、入っておりませんよ、十兵衛様」

と微笑《ほほえ》んだ。

それでも十兵衛は杯を受けずに、高膳に置くと、

「まずは、なぜ洗って欲しいか、その理由を聞こうか……『徳弁』の女将、おれんさん」

「おや。もう承知してるんですねえ」

おれんと呼ばれた女は、特に意外な顔になったわけではなく、〝洗い屋〟だから自

分の身上くらいはすぐに調べられるとは承知していたようだ。

「この船宿の女将を、もう三年程やらせて貰っております」

自分で営んでいるわけではなく、面倒を見てくれている旦那がいて、形ばかりの女将だと、おれんは言った。

「旦那は、京橋の両替商『伊勢屋《いせや》』の治右衛門《じえもん》さんだそうですな。なかなかの遣り手《やりて》で、上方《かみがた》から出て来て、わずか五年で、押しも押されもせぬ江戸店に築き上げたとか」

「商売のことは分かりませんが、こちらに来た頃にすぐ出会いまして……ええ、もう月丸様はご存じかと思いますが、私は『香取《かとり》』という浅草《あさくさ》の水茶屋で働いておりまして、そこで旦那様と……」

「囲われ女になったが、治右衛門も年だから、万が一に備えて、船宿を任された。客筋はほとんどが旦那の取引先で、実入りに困ることはなかった」

「はい……」

「何不自由のないあんたが、どうして〝洗われ〟たくなったんだい？　治右衛門に飽きてしまったからか」

十兵衛が訊《き》くと、おれんは胸元や着物の裾《すそ》をはだけて、白い柔肌《やわはだ》を見せた。

「何が狙いか知らないが、俺には色仕掛けは通用しないぜ」

と言いながらも、珍しく胸がときめいた。いや、胸騒ぎがしたという方が正しい感情かもしれなかった。

「違いますよ。ほら……」

おれんが見せた肌には、痛々しくも生々しい傷が刻み込まれていた。笞《むち》か何かで打たれたような痕跡《こんせき》だった。

「うちの旦那様は、外面《そとづら》は仏のようで、とてもいい人なのですが、家では酷《ひど》くてね。気にくわないことがあると、すぐに殴る蹴《け》るで……私だけではなくて、奉公人にも……」

話しているうちに、おれんは強《こわ》ばった表情になった。

「恐いんです……もうこれ以上、あの人の側にいると、殺されるかもしれない。そう思うと眠れなくて……」

「そのようだな……」

十兵衛が言うと、おれんは不思議そうに目を細めて、

「……そこまで、もう調べているんですか」

「仲間がいるのでね。洗う人間が咎人《とがにん》であったり、金を持ち逃げしようという輩は、

これまでも何人もいた。てめえの都合のいいように嘘を言って、洗われるんだが、そういう奴が一番困る」

「困る……？」

「ああ。残された方に迷惑がかかることが多々あるのでな。そうなりゃ、つまりは〝洗い屋〟が不正義に手を貸したことになる。俺たちは本当に困っている者で、切羽詰まっている人間だけを救うんだ」

「ええ、そう聞いてます……」

おれんは慎重に言葉を選ぶように言って、艶《なま》めかしい目で十兵衛を見つめたまま、

「私は……助けてくれないんですか……」

「あれだけの大金でも、『伊勢屋』の囲い女ならば用意できるだろうし、俺のことを知っているのも、誰かに噂として聞いたのだろうが、分からないことがひとつだけある」

「なんでしょう……」

「俺たちに頼まなくても、目の前の屋形船で何処へでも逃げられたんじゃないか？」

「それは無理です。今も私は見張られております。下足番の磯吉《いそきち》が……」

階下に目配せをして、消えるような声で、治右衛門の忠実な下僕であると言った。

「妙だな……」

「え？　どうしてです」

「俺たちの話をすっかり聞いていると思うぜ、その下足番なら」

十兵衛はすっと立ち上がると、襖《ふすま》を開けた。すると隣室に正座をして、磯吉が座っている。覚悟を決めたような不動の目つきだ。

「――月丸様……畏《おそ》れ入りやした」

「………」

「旦那が本当に〝洗い屋〟かどうかを見極めるのが、あっしの務めでござんす。女将さんは、ご主人にそりゃ酷い目に遭わされて、さすがに私も同情し……手を貸そうと思ったのです」

「では、おまえが〝洗い屋〟のことを？」

「へえ……若い頃、少しばかり裏稼業に身を沈めていたことがありやして……そういうわけで、お察し下さいやし」

腹の底が見えない男だが、おれんを逃がしたいという思いに嘘はなさそうだ。十兵衛は磯吉を見据えて、

「ふむ。妙な風向きになってきやがった……だが、下足番のおまえまで一緒に洗うこ

とはできないぜ」

「あっしのことは気にしないでおくんなせえ……そして、二度と旦那の前にも姿を見せません……へえ、お約束致しやす」

おれんと磯吉という男の関わりは測りかねたが、ふたりして別々に生きていく覚悟は揺るぎないようだ。

「――よかろう……三日のうちに、こちらから迎えにくる」

十兵衛は結局、一口も酒を飲まずに立ち去った。

三

それから、半月程後のことである。

磯吉の土左衛門《どざえもん》が、神田川に浮かんだ。船宿『徳弁』の桟橋から程近い所で、船杭《ふなぐい》に帯が引っかかって死んでいたが、明らかに何者かに殺された痕跡があった。首を紐《ひも》のようなもので締められた紫の痣《あざ》がくっきりと残っていたのだ。

引き上げられた土左衛門を、北町同心の久保田万作と岡っ引の伊蔵が検分をしていると、磯吉の懐《ふところ》から封印小判が出てきた。水を吸ったわけではなかろうが、ずっしりと重い。

封印は両替商の『伊勢屋』のもので、中身は確かに本物の小判が二十五枚入っていた。後で決済はするが、商売上、形ばかりの封印小判や切餅《きりもち》が使われることもある。だが、これは本物だった。

「三途《さんず》の渡しの船賃としちゃ、持ち過ぎじゃないか」

久保田が言うと、伊蔵は頷きながらも、

「もしかしたら、閻魔《えんま》様への手土産じゃ。地獄の沙汰もなんとやらですから」

「ふむ。浮き世もあの世も金次第ってことか……だが、こうして土左衛門にならなきゃならねえとは、哀れな人生だな」

まだ身元は分からないらしく、財布や煙管《キセル》などの持ち物を探していたが、通りかかった近くの飲み屋の親父が声をかけてきた。

「そいつは、磯吉って奴で、『徳舛』の下足番ですぜ」

そう言って、飲み屋の親父は船宿を指した。暖簾も軒行灯も仕舞ってあり、表戸も閉まったままである。

「ここの……？」

訝《いぶか》しげに見やる久保田に、親父は答えた。

「ああ、間違いねえ。毎日のように顔をつきあわせてたからよ。たまに、うちの煮込み豆腐や焼き魚を届けたりしてたしな」

「どうして、こんな目に遭ったのか……誰かと揉めていたとか、心当たりはあるか」

「いえ、まったく。でも、妙だな。船宿はもう十日余り前に閉めて、磯吉っつぁんも暇を貰うと言ってたが」

「暇を、な……雇い主は誰だい」

「女将がいたが、その人も近頃は姿を見ないねえ……旦那とコレだったんじゃないかね」

　と親父は人差し指でバツを作って、ちょんちょんと叩いた。

「旦那ってのは？」

「京橋の『伊勢屋』さん。ちょっとした両替商だから、旦那もご存じなんじゃ？」

　久保田は店の名は聞いたことがあるが、どのような主人か詳しくは知らなかった。

「船宿の女将がいなくなって、そこの下足番が土左衛門で浮かんだ。しかも、『伊勢屋』の封印小判……こりゃ何か曰《いわ》くありげだな、伊蔵」

「へえ、早速、当たりやしょう」

　死体の検分を終えると、伊蔵は前触れとして『伊勢屋』まで駆けていき、久保田は

じっくりと船宿の周りを調べていた。すると、飲み屋の親父が小声で、

「ここだけの話ですがね、旦那……女将には別に男がいたって噂ですぜ」

「男が……」

「ええ。夜四つには店を閉じますが、その頃になって来る若い男がおりやした。がっちりとした遊び人風のね」

「そりゃ、随分と艶っぽい話だな」

「しかし、あっしが最後に女将を見たときには……違う男が来てやした」

「ほう。とっかえひっかえ、ってわけかい？」

「じゃなくて、見慣れない浪人で、役者のような面で、なかなかいい男でしたよ。あっしは、店の前に水を撒いて入るところでしてね、軒行灯ではっきり見えたんだ」

「そいつが来てから、女将が姿を消した……とでも？」

「そういうことです。名前も聞こえましたよ。この磯吉が言ったんです。お待ちしておりました、月丸様って」

「なに、月丸!?」

久保田は十兵衛の顔をすぐに思い浮かべた。役者のようないい男というのも一致するからである。

「いい月夜だったんでね、声をかけたんですが、無愛想な人で……でも、いい月夜に月丸。忘れられません」

「そうかい……いや、いい話をありがとよ」

腕組みをしながら、久保田はまずは『伊勢屋』へ向かった。

日本橋に近く、両替商が多く点在する中で、ここ『伊勢屋』は中くらいの店だった。間口も三間ばかりで、出入りの業者は大店《おおだな》の番頭や手代《てだい》ではなく、出商《であきな》いや職人、下請け問屋の奉公人らが多く、庶民らしい雰囲気の店だった。

久保田が暖簾を割って入っていくと、帳場にいた主人の治右衛門が手揉みしながら、近づいてきた。

「ご苦労様です、久保田様」

赤らんだ太い鼻で、小商人《こあきんど》の態度丸出しだが、こういう手合いほど頑固だったり、遣り手だったりするものである。久保田は挨拶もそこそこに、囲い女のおれんのことと下足番の磯吉のことを話した。

「はいはい。伊蔵親分からも聞いておりますが、いや、まったく驚いております」

「伊蔵は？」

「私が話したことを聞いて、すぐに何処かへ飛んで行きました。いつもながら働き者でございますねえ。ああいう親分がいてくれるから、私たちも安心して暮らせます」

「おべんちゃらはいいよ。どうせ、袖《そで》の下でもやったから、どっかに一杯、引っかけに行ったんだろう」

「それを言っちゃ、おしまいでしょう」

にんまり笑った笑顔の下に、何でも金で済ませようという魂胆が見えている。

「親分にも話しましたが、磯吉はうちで奉公していた者ですが、ちょいと頭が弱いものでね、おれんに船宿を持たせたときに、用心棒も兼ねて下足番に、はい」

『首を絞められて殺されたんだ。しかも、この『伊勢屋』の封印小判を持っていた。何か事情を知ってるだろう」

「それも親分に話しましたが、船宿を閉めるにあたって、磯吉はどうしても五十両欲しいというから、渋々、渡したんですよ。まあ、三十年余り奉公してますからね。隠居にはまだ早いが、ご苦労賃としてね」

「随分と豪毅《ごうき》だな。俺たちは何十年働いても、そんな金は貰えぬ……何か人に言えぬ訳でもあるのか」

睨《ね》めるように見る久保田に、治右衛門は淡々と返した。

「何もありませんよ。ただただ、この店のために働いてくれたから……」

「しかし、死んじまったら元も子もない。それに、見つかったのは二十五両。残りは、どうしたんだろうな」

「さあ……」

「物盗《ものと》りなら、ぜんぶ持って行くと思うがな。見落としたとは思えぬ」

「私には分かりません。本当に、可哀想《かわいそう》だと思うだけです」

「本当に何も知らないのか？」

「——はい……」

俯《うつむ》いた治右衛門を、久保田はじっと見つめたまま、

「もうひとつ聞きたいことがある」

「何なりと」

「船宿の『徳舛』を、おまえさんが囲い女のおれんに営ませていたようだが、姿を晦《くら》ましたそうだな」

「はあ？」

「近所の者から聞いた。店を閉めて、ぷっつり姿を消したと……おまえに面倒を見て貰いながら、他に男がいたらしいが？」

「まさか。そんなことは……」

ありませんと首を振ったが、治右衛門が不愉快になった表情を、久保田は見逃さなかった。やはり何か隠しているに違いない。その裏には、磯吉の死に関わることもあるに違いないと、久保田は思った。

「若い男とも聞いたし、浪人者とも……色々とお盛んなようだが……」

「――そういう話なら……」

と治右衛門は客の手前、困惑したように店の奥に招き入れながら、

「私はね、妻子のある身ですよ、久保田様……世間体《てい》もありますから、勘弁して下さいよ。おれんとはキッパリと金で解決をつけた。少々きつくて、性根が曲がった女でね。あることないこと、悪い噂を流されては、両替商という立場もありますから……」

「金を渡して縁を切ったと？」

「ええ、そういうことです」

「こっちは、おまえの色恋沙汰なんぞどうでもいいのだ。磯吉殺しのことを探索しているのだからな」

「承知しております」

「では、おれんは今、何処にいる。隠すとためにならないぞ」

「隠すなんて冗談じゃありません。あ、もしや旦那は、磯吉をやったのは、おれんだとでも思ってるのですか？」

「いや。女の手じゃ無理だろう。だが、殺しの陰に女あり……とは言うからな」

「一度は惚《ほ》れた女ですからね、そこまで恐い奴とは思いたくないですが」

情けをかけるような顔になった治右衛門は、生唾をごくりと飲み込んだ。じっと見据えたままの久保田は、

「何処にいるんだ、おれんは」

「ええ。すべてお話し致しますよ。どうせ別れた女のことですからね」

治右衛門は自分を哀れむような顔になって、

「それにしても、あれだけ金をやったのに、未《いま》だに迷惑をかけられるとは……」

と吐き捨てるように言った。

四

目つきの悪い伊蔵が、いかにも相手を舐《な》めきった態度で押しかけて来たのは、店仕舞いをしようとしたときだった。

十兵衛はわざと表の板戸を強く閉めて、裏手から路地へ出た。すると、そこには久保田が立っていて、したり顔で近づきながら、

「何処へ逃げようというのだ、月丸十兵衛殿」

「仕事の後は必ず一杯やると決めている。話がありそうな顔をしてるが、付き合うか？」

と言いながら十兵衛が路地から、富士見坂に出て、『宝湯』を過ぎて、坂を下り終えると根津神社の方へ向かった路地裏にある『天狗《てんぐ》』という小料理屋に入った。

店の中は、小さな食台がみっつばかりあって、十人も入れば一杯になりそうな窮屈な店だが、酒盗や漬け物が美味《うま》いので、十兵衛はよく立ち寄っている。

泰造《たいぞう》という、もう還暦近い親父が、たったひとりでやっている店だ。

「意外と質素な暮らしぶりなんだな」

後から入って来た久保田は、皮肉めいた口調で言った。ついて来た伊蔵は店には入らず、表で待っていた。もし、〝洗い屋〟仲間が来ても入れないように張り込んでいたのだ。

もちろん、久保田も伊蔵も、十兵衛が〝洗い屋〟稼業をしていることは知らない。だが、半次や菊五郎、さつきらが密《ひそ》かに何かをしているという疑いだけは抱《いだ》いている。

「おれんを知ってるな」

久保田はいきなり、十兵衛に問いかけた。船宿の女将のことだと察したが、十兵衛はまったく動揺を見せずに、

「何処の誰だい」

「惚《とぼ》けなさんな。『徳舛』という柳橋の船宿に、おまえさんが来たことは割れてるんだよ。おれんとは、どういう仲だい」

「知らんな」

十兵衛が手酌でぐいと飲むと、久保田も自分の銚子を傾けて、

「下足番の磯吉が殺された」

「！……」

ほんのわずかに目が動いた十兵衛の顔を、久保田は凝視した。そして、ゆっくりと酒を口に含んで、喉《のど》を鳴らした。

「やはり、知っているようだな」

「殺しと聞いたから、驚いただけだ」

「特に知り合いならな」

「…………」

「磯吉は首を絞められて殺された上で、川に落とされたようだ。幸か不幸か、てめえが働いていた船宿の近くで浮かんだ」

「ふうん」

十兵衛はまた杯を口に運んだ。

「それと、俺が何だって言うのかね」

「女将のおれんとは、どういう間柄なんだ。他にも若い燕《つばめ》がいるようだが、おまえさんともまんざらではなかったのでは？」

「さっきから、言ってることが分からないが。久保田さんらしく、もっとハッキリと言ったらどうだい。酒が不味《まず》くなる」

ぐいっとあおる十兵衛に、目を細めた久保田は囁《ささや》くように、

「おれんに会って聞いたよ……」

と言った。

十兵衛はわずかに動揺したが、素知らぬ顔をするのが精一杯だった。だが、杯を持つ指先の微《かす》かな震えに気づいたのか、久保田は余裕の笑みを浮かべた。

「だが、おれんも……あんたのことは名も知らんとさ」

「…………」

「承知してるだろうが、おれんは、両替商『伊勢屋』の主人・治右衛門の囲われの身でありながら、他に男がいたみたいでな。そのくせ、手切れ金まで求めて、治右衛門の前から立ち去った。俺も、おれんから色々と聞いたが、端《はな》から金が目当てで、若い燕ってのは前々から間夫《まぶ》だったらしい」

黙って聞いている十兵衛の脳裏では色々なことが巡っていた。たしかに、男がいる節はあったが、そのために治右衛門の前から消えたのかと改めて思った。とはしかし、半次や菊五郎の調べでは、その男が何処の誰かは不明で曖昧だった。とはいえ、治右衛門から激しい暴力を受けていたのは確かで、救わざるを得まいと判断したのだ。

「……何を考えてるんだい、月丸さんよ。目が虚ろだぜ」

探るように久保田は言ったが、十兵衛は黙ったままであった。

「おれんのことが気になるんだろう？」

「…………」

「治右衛門とおさらばした後は、庄三《しょうぞう》っていう若い燕と、川崎宿《かわさきしゅく》で暮らしている。御大師《おだいし》様や大山《おおやま》参りの客相手の旅籠《はたご》を買い取って、意外にも夫婦仲良く真面目にやっていたよ」

「川崎宿……?」

十兵衛は思わず聞き返した。

「ほらな。やはり知っているんだ。食いついてきやがった」

身を乗り出した久保田には何も言わずに、十兵衛はすぐさま立ち上がって、泰造に払いは付けにしといてくれと言うと、急いで外へ飛び出した。

「おい。待ちやがれ。やはり、何か知ってやがるな、このやろう」

追って出ようとすると、泰造が立ちはだかって、

「旦那。飲み逃げはいけやせんや」

「どけッ」

「払って下せえよ。月丸の旦那は、あんたのまで出すとは言っちゃいやせんよ」

「邪魔立てすると、痛いめに遭わせるぞ、どけい!」

乱暴に押しやって表に出ると、もう十兵衛の姿はなく、足下には伊蔵がひっくり返って気を失っていた。

「!?——や、やろう……」

久保田は舌打ちをして、伊蔵を足蹴《あしげ》にしてから、近くの路地を覗き込んだが、十兵衛はどこにもいなかった。ただ、今宵もまた蒼い月が不気味に照っているだけだった。

高輪《たかなわ》の大木戸が開くと、十兵衛はすぐに川崎宿に向かった。朝靄《あさもや》が広がっている中を東海道を上り、多摩川を渡し船で越えるとすぐだった。

川崎宿は砂子《いさご》、久根崎《くねざき》、新宿《しんしゅく》、そして小土呂《ことろ》の四つから成り立っているが、その本陣から程近い所に目指す旅籠はあった。丁度、客たちが旅だった直後くらいで、宿はまだ慌ただしい様子だった。

表では庄三らしき若い男が、土埃《つちぼこり》を沈めるように水を撒いていた。十兵衛が近づくと、異様な緊張を感じたのか、

「……なんです、ご浪人さん」

がっちりとした体軀《たいく》で腕っ節が強そうだった。おれんの間夫として陰で動き、『伊勢屋』の〝囲い女〟に仕立てて、まんまと大金をせしめたのであろう。それで、旅籠を買収して暮らしているとは、悪党にしては真面目な気もする。が、十兵衛としては、ふたりの逃亡に利用されたとしたら、許すことはできなかった。

「おれんさんはいるかい。隠さなくてもいいよ。おまえが庄三で、伊勢屋治右衛門から、おれんを奪ってトンズラしたことは百も承知だ」

半分は鎌掛《かまか》けだったが、十兵衛の睨《にら》んだとおり、庄三らしき男は腰を抜かさんばか

りに驚いて、持っていた水桶《みずおけ》を落とした。そして、太い腕をこれ見よがしに見せると、そこには鮮やかな入れ墨があった。島帰りだと分かるものである。

「話はついたんじゃねえのか。『伊勢屋』から頼まれたな。ちくしょう」

てっきり用心棒が仕返しにでも来たと勘違いしたのであろう。柄杓を手にして身構えたが、十兵衛はそうではないと首を振り、

「俺は、おれんに話を聞きたいだけだ。月丸十兵衛と言えば分かるはずだ」

「月丸……十兵衛……？」

訝しげに誰だという顔になったが、油断ならないと思ったのであろう、庄三はおれんを呼ぶつもりなどなさそうだった。

そのとき、島田崩しの女が藍染《あいぞ》め暖簾を分けて出て来て、

「おまえさん。何してんのさ、二階を早く片付けてくれないと困るよ」

十兵衛に気づいて軽く頭を下げた。

「おれん、来るんじゃねえ。こいつは『伊勢屋』の……」

言いかけた庄三を止めた十兵衛は、

「――おれんさんてのは、おまえさんか？」

怪訝《けげん》な顔になって訊くと、おれんと呼ばれた女は、

「はい、そうですが？」

と素直に頷いた。

一瞬——頭の中が真っ白になった十兵衛だが、まじまじと見つめ返して、もう一度、本当におれんかと訊き直した。

たしかに、背丈や体つき、パッと見の印象は似ているが、十兵衛たちが〝洗った〟おれんとはまったくの別人だった。目の前の女には、あのおれんのような艶っぽさもなければ、怪しげな雰囲気もなかった。妙にサッパリした感じの女を目《ま》の当たりにして、十兵衛は戸惑いを隠せなかった。

「本当に……『伊勢屋』の旦那に囲われていたおれんで、『徳弁』という船宿の女将をしていたという……」

「ええ……」

おれんの方も妙な塩梅《あんばい》だと、訝しげに目を細めた。その睫毛《まつげ》の動きも、瞳の輝きも違う女である。

——では、あれは誰だったのだ……。

十兵衛を訪ねて来て、船宿で再会して、きっちりと〝洗って〟やったあの女は一体何者で、何のために、おれんのふりをしていたのか。わざわざ別人になりすまして、さらに別の人生を生きようとしたのは何故なのか。一挙に、様々な疑念が十兵衛の心の中で広がった。

呆然《ぼうぜん》と立ちつくしている十兵衛に、庄三は顔を近づけてきて、

「おい。どういう了見だ。店の表で、囲われ者だのなんだのと、てめえは俺たちの暮らしをぶっ壊しにきたのかッ。だったら、ここでキッチリ話をつけてやろうじゃねえか。『伊勢屋』のじじいとは、金で片を付けてンだ。そっちが、その気なら、こっちはあのことを綺麗サッパリばらすだけだぜ、おい！　困るのはそっちじゃねえのか！両替商として生きていけなくなるんじゃねえのか、ええ！」

と一気呵成《いっきかせい》に怒鳴りつけた。

今にも殴りかからん勢いに、おれんが懸命に止めた。

「よしなさいな、おまえさん……余計なことを言うんじゃないよ」

わずかに身を引いた庄三だが、カッときたら見境のなさそうな男だった。だが、ようやく掴《つか》んださささやかな幸せを壊されたくないのであろう。ぐっと唇を噛《か》んで、

「帰って、治右衛門に言いな。俺たちはもう逃げも隠れもしねえ。だが、喧嘩《けんか》を売るなら、こっちは覚悟があるとなッ」

吐き捨てるように言った。

十兵衛は黙って頷くと、背中を向けた。〝洗った女〟が誰かということを、目の前のおれんたちに訊いても分からぬことであろう。そして、それが誰であるか知っているはずの下足番の磯吉が、何者かに殺されたのだ。

——裏に何かある……。

そう思わざるを得なかった。

十兵衛の全身には正体の分からぬ痺《しび》れが、徐々に広がってきていた。

五

その日のうちに、十兵衛は江戸に戻って、すぐさま佐倉《さくら》街道を八幡《やわた》宿《しゅく》に向かった。この宿場に、洗ったもうひとりの〝おれん〟がいるはずだからだ。

八幡宿は成田街道とも呼ばれる佐倉街道にあり、水戸街道から分かれて、三番目の宿場である。江戸から五里と三十三町もあるから、着いたときには夜遅く、宿屋も表戸を閉めていた頃合いだった。

まだ辻灯籠《つじどうろう》や宿の明かりはついたままだから、十兵衛はとりあえず空いている宿に身を寄せることにした。『上総屋《かずさや》』という古い旅籠で、女中の愛想も悪かったが、妙

に饐《す》えたような臭《にお》いが気になった。長年の海風によるものだろうが、畳までが湿気《しけ》っ

　ているき気がして、押し入れから出された布団や掻い巻きは、いつ使ったままなのか分からない。

　だが、十兵衛は歩き廻って疲れたから、飯も食わずにゴロンと横になった。ふいに睡魔に襲われたが、雲に隠れていた月が現れたのか、障子窓の外が蒼白くなった。

「――月か……」

　十兵衛は口の中で呟《つぶや》きながら、うとうととなった。夢かうつつか、障子窓が開いて、狐火のようなものが入ってきた。そして、十兵衛を包み込むと、眩惑《げんわく》するような光が広がって、玉のように膨らんでいったが、やがて静かに消えた。

　どのくらい経ったか――。

　頭の奥でジンジンと音がして、瞼《まぶた》が熱くなってハッと目が覚めた。障子窓が少し開いていて、真っ赤な朝日とともに、涼しい風がそよそよと流れ込んでいる。

「お目覚めですか、旦那様」

　我に返って跳ね起きた十兵衛の前に、さつきが座っていた。いつものような派手な着物姿で、うっすら化粧をしている。朝風呂を浴びたのか、火照《ほて》った頬をしていた。

その顔をまじまじと見つめた十兵衛は、

「なんだ、さつきか……どうして、ここにいるのだ」

「私でよかったね。十兵衛さんが探している件《くだん》の女だったら、寝首を掻いてたかもしれませんことよ」

「…………」

「菊五郎さんも、この宿場に来てる。ゆうべ、旦那からの繫《つな》ぎを受けて、急いで駆けつけて来たんだよ」

緊急の要件があるときには、飛脚を使って『宝湯』に報せることがある。それ以外にも、常に十兵衛から〝洗い屋〟仲間への繫ぎ役もいるが、そいつらとて十兵衛らの裏稼業が何かまでは知らない。

ここから船橋宿《ふなばししゅく》までは、一里と十五町程しかないが、行徳《ぎょうとく》から船橋へは船便で行く旅人も多かったから、この宿場はそれほど栄えていたわけではない。ゆえに、佐倉街道は、江戸と佐倉藩を結ぶためだけにあったような道だが、本陣は置かれてなかった。そういう目立たない宿場だからこそ、〝洗う〟のに丁度よかったのである。

「なんだか、うなされてたようだけど、十兵衛さん……大丈夫？」

「俺が……そういや、青白い光に包まれて、胸のあたりが苦しかったような……ただ、疲れていただけだろうが」

「私も見たことがある」

「え……？」

「それは、隠し神のせいよ……まさか、十兵衛さんまでが、隠し神に祟《たた》られて、この世から消されるんじゃないでしょうね」

「――隠し神……？」

「知らないの」

「…………」

「もっとも、私たちの仕事も、隠し神みたいなもんだけどね」

隠し神とは諸国の何処にでもいる妖怪のようなものである。

逢魔が時と呼ばれる夕暮れに、家に帰らず遊んでいる子を攫《さら》っていくのだ。殊に〝かくれんぼう〟をして遊んでいる子供は、夜の帳《とばり》が降りるとともに消えたという。

土地土地によって、隠し神の姿は違う。鬼であったり、老婆であったり、狐や狸《たぬき》であったりするが、子供の体から油を搾り取るという風説が多いのは、火を燃やすことが大切で金がかかるからであろう。

遅くまで遊んでいる子供たちを家に帰すために、母親らが脅し文句に使ったのが、

「隠し神が来るぞ。油を搾り取られるぞ」

というような言葉だ。小さな子供は見たこともない隠し神の異様な姿を想像し、恐くなって家路を急ぐのであった。だが、神隠しという事件は後を絶たず、若い娘や子供が女衒《ぜげん》のような男たちに連れ去られていたのも事実である。

この宿場では、若い娘が消えるということが多かったが、それは悪い輩が来て、江戸の遊郭などに売り飛ばしていたに違いあるまい。だが逆に、見知らぬ者が住み着くことも多かった。小さな宿場であるし、船便で飛ばせる所だから、訳あり夫婦などが身を隠すには丁度よかった。

十兵衛が洗った〝おれん〟は、香澄《かすみ》という名で、宿場外れの尼寺に、〝母子逃避〟をしていた。赤ん坊を連れて逃げ込むのが多かったのは、それだけ亭主や男が乱暴することが多かったからである。町方《まちかた》同心や岡っ引、近所の者の手助けはあったとしても、しまいには、夫婦のことだからと踏み込めないでいた。しかし、あまりに酷いときには、女は子供を守るために逃げるしかなかった。

だが、〝おれん〟の場合は、香澄という名にして、暴力亭主から逃げる途中に、まだふたつにもならない幼子を病で亡くして、泣く泣く逃げてきたことにしてある。受け入れ先の慶安寺《けいあんじ》という尼寺は、十兵衛らによる嘘話を信じて受け入れていることになるが、決してバレないように、背景もきちんと作っていた。

むろん、治右衛門の方に香澄のことが知れることは決してなく、新しい女として生きていけると、十兵衛は確信を持っていたのだ。にもかかわらず、十兵衛たち〝洗い屋〟の方が騙《だま》されていたとなると洒落《しゃれ》にならぬ。事と次第によっては、真実を暴いた上で、始末せねばならない。香澄が、

――人に言えぬ罪を犯していた女。

かもしれないからだ。

昨日から、ろくに食ってないから、朝餉《あさげ》を取っていると、菊五郎が入ってきた。十兵衛とさつきがふたりして向かい合っている姿を見て、

「なんだか、しみったれた夫婦に見えるぜ。お上に追われているような」

「あら、嬉しいねえ。十兵衛の旦那と……そんなにお似合いかい？」

さつきが嬉しそうに言うと、菊五郎は苦笑しながら、目刺《めざ》しと味噌汁《みそしる》だけの膳を見て、

「さしずめ、人を斬って逃げてる痩《や》せ浪人と遊郭を逃げ出した女郎ってとこだな」

「いつも腹が立つなあッ」

「当たらずとも遠からず……だ」

無精髭《ぶしょうひげ》が目立ってきた十兵衛は、真顔で返した。

十兵衛はかつて、津軽追手番《つがるおってばん》という弘前藩《ひろさきはん》の隠密で、罪を犯したと誤解された親友を追う使命を帯びたことがある。追手番は罪人を追うために、諸藩の領内でも始末してよいと特別に認められていた。だが、十兵衛は親友を逃がし、別の追手番を斬ったのだ。

それゆえ、妻を津軽に残したまま、藩から追われる身になってから、〝洗い屋〟に救われたのが、この稼業に入ったキッカケだ。菊五郎たちはその事情をすべて知っているわけではない。

「俺も追われる身の気持ちは分からないではないが……ま、余計な話はいいから、調べたことを教えてくれ。今般《こんぱん》は、おまえたちが、香澄を洗ったんだからな」

「安心してくれ。香澄はまだ慶安寺にいる。住職の寿安尼《じゅあんに》の側女《そばめ》として、ちゃんと働いているようだぜ」

「問い詰めたのか」

「いや。バレたことなど何も知らずに、安穏と暮らしている」

「そうか……だが、香澄が〝おれん〟のふりをして逃げる何か事情があるはずだ」

十兵衛が箸《はし》を置いて、深刻な顔になると、菊五郎も腕組みで、

「俺の不覚だった。〝洗う〟前に色々と調べたが、まさか別人とは思わなかった。折

しも、本物のおれんは庄三とともに姿を消していたところだったし、あの女はすっかりおれんを演じていた」

「それは俺のせいでもある。初めて会ったとき、すっかり信じてしまったからな」

「あら。逆上《のぼ》せ上がっただけじゃないんですか？」

さつきが茶々を入れると、十兵衛は真顔のままで、

「かもしれないな」

「あっさり認めちゃって」

「いい女だったのは事実だ。しかし、俺たちのことを承知の上で、嘘を通したとなれば、〝洗い直〟さなきゃならない。少なくとも、香澄の素性《すじょう》を調べ出さなければ、寝覚めが悪い」

「そのことですがね……」

菊五郎は別口で半次も調べていることを伝えた上で、

「慶安寺の寿安尼には、本当のことを話して、情けを誘っている節があるんです」

「本当のこと……」

「自分はさる幕閣の奥女中をしていたのだが、宿下がりをしたのを機に逃げ出した。しかし、自分の身が危うくなったので、慶安寺に駆け込んだのだと。だから、子供を

産んだこともないし、亭主にいたぶられたこともないと」

「どうして、それを……」

「尼寺でも寺男がおりますからね。そいつに鼻薬を効かせてちょいと」

「ふん。菊五郎らしいな。しかし、俺たちのことは……」

「話してないようだ。さすがに、〝洗い屋〟のことまで言えば、寿安尼も訝《いぶか》しむんじゃないんでしょうかね。俺たちのことを、いわゆる咎人を匿《かくま》う〝逃がし屋〟と勘違いしている奴らもいますからね」

「さて、どうするかだ……」

十兵衛と菊五郎が深刻な顔で頷きあったとき、さつきが腰をぴょんと浮かせて、

「あ、なんです、その目は……まさか、私に尼になれと言うンじゃ」

「そのまさかだ」

「いやですよ。髪は女の命なんですから」

「今時、ぜんぶ剃《そ》る奴なんざいないよ。本当に修行をしている尼じゃないのは、頭巾《ずきん》をしているらしい」

「でも……」

「おまえは占いなんざして、人を騙してばかりだから、少しは仏心に触れて、心身共

に洗われてこい。さ、尼寺へ行け、尼寺へ」

菊五郎が芝居がかって言うのを、十兵衛も当然だという目で見つめていた。

「だ、旦那……いやですよ、私は……」

さつきは駄々っ子のように、口を尖らせるだけであった。

六

掃き清められた庭園に、枯れ山水が程よく広がっており、石には所々、濃緑の苔《こけ》が生えていた。奥に広がる竹林が借景となって、風格のある寺に見えるが、浄土宗の小さな佇《たたず》まいであった。

寿安尼とともに、客間として使われている庭に面した縁側のある部屋に、香澄が現れた。その姿を見たさつきは、こくりと頭を下げた。

「この香澄さんも、つい先日、この寺に来たばかりで、私の身のまわりの世話をしてくれております」

足腰の弱さから見て、かなりの高齢と思われる寿安尼だが、化粧っけのない肌は血色がよかった。さつきは両手を突いて頭を下げて、深川悪所と呼ばれている女郎屋から逃げてきたと挨拶をした。

「そうですか……大変でしたね……」

香澄は同情の目で、さつきを見つめていたが、まさか自分を〝洗った〟一味であることは気づかなかった。むろん、寿安尼も知る由もない。嘘の履歴を作ることは簡単だが、その裏付けまでを整えるのは至難の業である。しかも、追っ手からも痕跡が分からないようにしなければならない。

「ええ……宜《よろ》しくお願い致します……」

深々と頭を下げると、寿安尼は微笑んで立ち去った。そして、香澄とふたりきりになって、茶を一服飲んでいると、

「よく、ここまで逃げて来られましたね。遊郭から足抜けするのは大変なことだと、聞いたことがありますが」

「ええ。でも、〝洗い屋〟という人たちに助けられました」

さつきが言うと、香澄は明らかに表情が強ばった。それについては何も言わずに、ただこれからは、仲良く暮らしましょうと述べたが、さつきはすぐに、

「あなたもそうなのでしょ？」

「え……」

「どうして、嘘をついてまで〝洗われた〟のか、話を聞かせて貰えますか」

「！……」

「〝洗い屋〟にはそれなりの掟《おきて》というものがありますから、下手《へた》をすれば元に戻されることになりますよ」

香澄は表情を強ばらせて立ち上がったが、その手をさつきは素早く摑んだ。振り払おうとしたが、香澄の力は華奢に見えるさつきに敵《かな》わなかった。ただの女でないことは、すぐに察しがついたのであろう。

「——申し訳ありません……」

と消え入るような声で言って、香澄は座り直した。

「一度、洗った人間とは、二度と会わないのがしきたりなんだ。何処で誰が勘づくかしれないからね。いわば、ひとりの人間を消すわけだから、こっちだって危ういんだよ。万が一、あんたが咎人だったら、私もお上に狙われることになる」

「あなたは、もしや……」

「心配しなくても、あんたのことは誰にも話さないよ。ただ、遅かれ早かれ、本当の身の上は分かろうってもんだ。素直に話した方が、あんたのためだ。そうでなきゃ……」

さつきは脅すような口調で、声を低めて、

「明日は違う女になってるかもしれないよ。十兵衛の旦那を騙してまで、本当の身を伏せた訳を聞かせて貰おうかねえ」

「でも、それは……」

ためらって俯いた香澄に、さつきは畳みかけるように、

「実は、私はずっと町方に尾けられてるんだ。北町の久保田っていう袖の下同心なんだけど、あんた知ってるかい」

「い、いいえ……」

「これまで、何十人もの人間に別の人生を与えてきたんだけど、中には間違って、咎人を逃がしたかもしれない。久保田は、私たちをそういう輩だと付け狙ってるんだ」

「…………」

「もしかしたら、あんたのことも摑んでいるかもしれない……あんたは〝洗い屋〟に身の上を隠してまで逃げなければならない、危うい事情がある。だから、嘘までついた……一体、誰に追われてるんだい。お上かい？　まずい連中がいるのかい」

「は、はい……許して下さいますか……」

「私の一存じゃ決められないけどね」

「…………」

俄《にわか》に息苦しそうになった香澄は、大きく息を吸い込んでから、申し訳なさそうに話し始めた。

「実は……私は、あるお武家の奥に勤めておりました……」

「あるお武家とは……」

「勘定奉行《かんじょうぶぎょう》の……岩間修理亮《いわましゅりのすけ》様のお屋敷です」

「岩間……ああ、聞いたことがあるよ」

その時によって違うが、幕府にはおおむね四人の勘定奉行が老中から任命されて、執務していた。複数置くのは、幕府の莫大な財務を扱う煩雑な仕事が多いからだが、お互いを監視して、不正を防ぐ意味もあった。

三千石以上の大身の旗本から選ばれ、中でも岩間は八千石であるから、大名並みの扱いで、小川町にある屋敷も立派な長屋門《ながやもん》であった。それほどになれば、奥向きの仕組みも大名に準じてあり、正室を中心に大奥の御年寄《おとしより》や御中臈《おちゅうろう》のような役所《やくどころ》もあって、数十人が暮らしていた。当然、男子禁制で、しきたりに従って秩序よく営まれていた。

「私は下っ端でしたが、殿には可愛がられて、その……」

「夜伽《よとぎ》をしていたとか」

「ええ、よく呼ばれておりました。その寝物語で、幕府の公金を自由に使えることを時々、話しておりました」

「公金の横領……」

「そうかもしれませんが、私にはただ、勝手に使える金があるとしか、言いませんでした。たとえば、上様の鷹狩《たかが》りや、大奥女中の寛永寺《かんえいじ》参拝などの折に、好きなだけ上乗せして、その差額を懐にするとか言ってました。他にも、老中や若年寄には秘密の費用があるらしく、帳簿には決して載らない金があり、その一部を貰ったところで、誰も調べる者がいないとか」

淡々と話していたが、自分は関わっていないという顔だった。だが、さつきは意地悪なことを訊きたくなって、

「そんなに金が必要だったのは、もしかして、あんたのせいじゃないの？　大奥が贅《ぜい》沢《たく》を極めているように、勘定奉行をたらしこんで、好き放題をさ」

「……かもしれません」

「やっぱりね。その綺麗な顔と色っぽい体なら、誰だってイチコロさね。十兵衛の旦那だって、詰めが甘かったのはきっと、あんたのその色香だと思うよ」

「惚れているんですね……月丸様に」

焼き餅を妬《や》いていると香澄に見抜かれて、さつきは違うよと唇を噛んで、

「そんな話より、公金の横領がなんなのさ。あんたが持ち逃げしたのかい。だから、追われてるから姿を消したかった」

「違います。逆です」

「逆……?」

香澄は力強く頷いて、真剣なまなざしになった。

「殿は、たしかに……私に他の女中よりも贅沢をさせてくれました。そのために嫉妬《しっと》を買ったこともあります。でも、そんなのは小さなこと……殿は、公金を違うことに使っていたんです」

「違うことにって……なんだい。さっさと言いなよ、苛々《いらいら》するねえ」

さつきは煽《あお》るように言った。

「はい、殿は、幕府の金を自分のためだけではなくて、ある両替商に流していたんです。その金を人々に高利で貸して、儲けていた。つまりは、元本を労せずして手に入れて、利子だけ大儲けという仕組みです」

「!――とんでもないことを……もしや、その両替商ってのは」

「もうお祭しでしょうけれど、『伊勢屋』に流していたんです」

「ああ。それで繋がった。あんたが、『伊勢屋』の〝囲い女〟のおれんに扮《ふん》したのは、内輪の事情を知ってたからだね」

「ええ、そうです……おれんさんは、治右衛門さんに酷い目に遭っていたから、〝洗い屋〟なら必ずどうにかしてくれる。そう信じておりました」

もう一度、しっかりと頷いた香澄だが、急にぶるっと震えた。何かを思い出したようで、目を閉じて、苦悶《くもん》の表情になった。

「その殿の不正を……心ある家臣が咎めて、やめるように進言しました」

「家臣……」

「側用人《そばようにん》の水原《みずはら》多聞《たもん》というお方です……その方は、まだ若いけれど、融通が利かない頑固な人で、地位を利用して私腹を肥やすのは、武士としても人間としてもさもしいことであると責めました。ましてや、最も公明正大な勘定奉行という職に就いている者が、公金を我が物にするのは、武士の風上にも置けないと言ってのけました」

「へえ、今時、気骨のある侍もいるんだ……で、もしかして、その水原って人と密かにいい仲になってたりして……」

「水原様には妻子があります。でも、そんな生真面目な水原様の態度に、殿は立腹して……暇を出したのです。側用人を辞めさせられただけではありません。岩間家には代々、仕えていた水原家ですが、殿はあっさりと追い出したのです」

切羽詰まったように話す香澄に、さつきは圧倒されて聞いていたが、

「……難しい話は分からないけどさ、なんで、あんたがその殿様から逃げなきゃいけないのさ。水原って人と一緒になって、岩間様の不正を糾《ただ》そうとでもしたわけ？」

「そうです」

「えっ、そうなの？」

驚くよりも呆れたさつきに、香澄は憂いを帯びた目で答えた。

「水原様は殿の家臣を辞めた後も、そのことを追及しようとしました。ご老中に直訴《じきそ》しようとしたのですが……その前に殺されてしまいました」

「な、なんですって⁉」

「私は密かに屋敷を抜け出し、ある料理屋で、水原様と会うことにしていました。そこで、水原様が何者かに殺されるのを見てしまったのです」

その時のことを思い出したのか、全身を震わせ、拳《こぶし》を握って目を閉じた。

「幸い私は、中庭にいたから浪人たちの目には留まらなかったけれど、いつ自分も殺されるか恐くて……」

「襲ったのは、浪人たちだったの？」

「ええ。でも、きっと殿の使者に違いありません。殿に見つかれば、きっと殺される。だから、私は……」

「殿の目を誤魔化すためにも、急いで『伊勢屋』のおれんさんのふりをして〝洗われ〟た……でも、おかしいじゃない」

「え……？」

「下足番の人は、『伊勢屋』の……」

「磯吉のことですね。元々は、殿の密偵で、治右衛門の見張り役でした。でも、水原様とは心意気が通じていて、不正を糾したい私たちの思いも知っていました。だから、手を貸してくれたんです」

「なるほど……だから、磯吉さんも殺されたのね」

納得したように、さつきが言うと、香澄は驚きを隠せず、

「い、磯吉が……そんな……」

愕然となって、自分のせいだと俄《にわか》に涙ぐむのであった。さつきはそんな香澄の姿を見ていて、本当は悪い女ではなさそうだとは思ったが、何処か信じ切れないでいた。

七

岩間修理亮の屋敷を、久保田が訪ねたのは、十兵衛が江戸を離れている間のことだった。磯吉殺しの一件で探索に来たのだが、

――不浄役人に話すことはない。

と門前払いをされそうになった。が、久保田は珍しく食い下がった。

「北町奉行の榊原主計頭様から直々《じきじき》に、岩間様に話をお聞きしたいと申し出て来ているのですぞ。すみやかにお取り次ぎをなさいませ。さもなくば……」

久保田が鋭い目つきになると、門番は仕方なく身を引いた。ただでさえ、顔相の悪い同心ゆえ、身の危険を感じたのかもしれぬ。

門内に入ると中間《ちゅうげん》部屋があり、久保田はそこで待たされた。玄関にすら通してくれないのである。不浄役人とはよく言ったもので、同心は町場の殺しや事故による死体を扱う役人だから、大身の旗本や大名からはそう呼ばれていた。だが、久保田は卑下することなく、事件を解決するためなら、不浄であろうが不正であろうが、手を汚す覚悟があった。

江戸城内には、勘定所と下《しも》勘定所という役所はあるが、「勘定奉行所」というものはない。勘定奉行の拝領屋敷が、役所となるのである。ゆえに、関八州《かんはっしゅう》など郡代や代官が支配している天領の訴訟なども、勘定奉行らが分担して、自分たちの屋敷で執り行う。むろん、財務に関わる重要な評議なども役宅で行われていた。

それゆえ、不浄役人ごときは、中間部屋で充分だと考えているのであろう。だが、奉行が直々《じきじき》に姿を現すことはなく、用人と名乗る今井《いまい》という家臣が来て、まずは対応した。

久保田は、磯吉殺しについて問いかけたが、今井は、そのような者は知らぬとのことだった。

「そんなことはあるまい。両替商の『伊勢屋』で手代をしていた奴で、その後、『徳舛』という船宿で下足番をしていた男だ」

「なんだ、町方のくせに、その物言いは」

「人殺しの話をしてンだ。お上品にはできないんだよ。どうなんだ。用人っていや、岩間様のお側役なんだから、『伊勢屋』との関わりだって熟知してるだろうが」

「無礼者ッ。それ以上、減らず口を叩くと……」

「口はひとつしかねえんだ。減ったら喋《しゃべ》れなくなるじゃねえか、おう。こちとら江戸っ子だ。ガチャガチャ言わないで、シャキッと答えやがれ」

乱暴な口調になると、傍《かたわ》らにいた中間たち数人がぞろりと立ち上がって、久保田を取り囲んだ。身構えもせず、今井を睨みつけたまま、久保田は野太い声で、

「……ほう。俺も、磯吉のように絞め殺すってのかい」

と首のあたりに手をかける真似をした。

「なんだと！」

中間のひとりが今にも突っかかろうとするのを、今井が止めて、

「そこまで言うのなら、証拠があるのであろうな。我が岩間家の中間を人殺し扱いして、只《ただ》で済むと思うなよ」

「只じゃ済まねえ。高くつくぜ、おい」

久保田は肩を怒らせて、今井にズイと迫りながら、

「側用人だった水原多聞殿を殺したのも、今井さん……あんたも関わってるんだろ？」

「！……」

唐突な言葉に、今井は目が泳いだ。久保田はそれを見逃さず、

「ほらほら、動揺した。隠しても顔には正直に現れてるぜ。おっと、刀に手をかけた

ら、こっちも斬らねばならない」

「………」

今井は握ったばかりの刀の柄《つか》から手を放して、

「何処まで知っておる」

「そりゃ、色々と……『伊勢屋』の治右衛門って男、ありゃ脅しに弱い男でな。ちょいと突《つつ》いたら、ぺらぺらと喋りやがる。何枚舌があるか分かったもんじゃねえがな」

「………」

「治右衛門が囲っていたおれんという女が、庄三という遊び人とトンズラを決め込んだ。『伊勢屋』から大金をせしめてな。奴らは手切れ金と言っていたが、何のことはない……口止め料だよ」

「口止め料……」

「分かるだろう？　岩間様と治右衛門が結託していたことだよ」

まだ探りを入れているような久保田の態度に、今井はみすみす本音を洩らすようなことはしなかった。しかし、久保田は勝機だと思ったのか、不敵な笑みを浮かべると、

「俺もよ……口止め料とやらが欲しくなってよ」

誘うように袖を振りながら、

「三十俵《びょう》二人扶持《ぶち》のしがない町方……あんた方の言う不浄役人だ。危ない目に遭いながら寝る間も惜しんで探索したところで、褒美が出るわけでもないし、役料が上がることもない。魚心ありゃ水心ってな……事と次第じゃ、お喋りの治右衛門をいい塩梅《あんばい》に始末してやってもいいんだぜ」

「………」

「なに、俺だって伊達《だて》に長年、町場をうろついてわけじゃねえ。『伊勢屋』の代わりなんざ、何人でも見つけてきてやる」

久保田は今井を射るように見た。相手の脳髄《のうずい》を剔《えぐ》って突き抜ける鋭さに、思わず今井は目を逸《そ》らした。額には冷や汗すら出ている。そんな姿を見て、中間たちも戸惑ったように後退《あとずさ》りをした。

それを見やった久保田は、追い打ちをかけるように、

「なあ、おまえたちだって、三尺高い所に晒《さら》されたくないだろう。たかが、下足番ひとりを殺したくらいでよ」

と低く言った。

沈黙の中で、今井はしばらく佇んでいたが、静かに丁寧に返した。

「拙者ひとりじゃ、何も決められぬ。後ほど、殿に判断を仰いで、使者を出すゆえ、

しばし待たれよ」

「殺しの使者は御免だぜ」

「おぬしが、そこまで治右衛門のことを摑んでいるならば、殿も考えを改めねばなるまい。あの男は欲が過ぎるきらいがあってな……関わるのもそろそろ潮時だと思っていたところだ」

「なるほど。こいつは春から縁起が良い……いや、夏の盛りだったな……少しでも涼しくなるような返答を待ってるぜ」

目に力を入れて語気を強めると、久保田は中間を押しやるようにして出て行った。

深い溜息《ためいき》だけが、中間部屋に滞った。


その夜の丑三《うしみ》つ時《どき》のことである。

青い光がふわふわと、京橋の両替商『伊勢屋』の表に舞い降りた。いや、淡い月明かりに、梟《ふくろう》の姿が浮かんだだけであった。

その目が鋭く燦《きら》めいて、近くの木に止まると、ほうっと一声鳴いた。

ドンドン――。

表戸を激しく叩かれて、目が覚めた治右衛門は、何事かと頭痛を感じながらも起き

上がった。先に番頭が気づいたようだが、刻限が刻限だけに応えないでいた。怪しみながら店の土間に降りた治右衛門は、

「かような真夜中に、どなたですかな。礼儀を弁《わきま》えなされ」

と言うと、すぐさま声がした。

「すまぬ、治右衛門。私だ……岩間修理亮が用人の今井だ」

「ああ、今井様……」

確認のために覗き窓を開けて見ると、表にはたしかに今井が立っている。

「如何しました」

「開けてくれ……用があって出向いていたら、そこで何者かに腹を刺された……」

「え、ええ……！」

それでも何か異変を感じたのか、治右衛門がぐずぐずして開けないでいると、

「頼む……治右衛門……」

喘《あえ》ぐような声になった。さすがに、まずいと感じたのか、治右衛門が慌てて潜《くぐ》り戸《ど》を開けた。その途端、今井と他に三人ばかり浪人が雪崩《なだ》れ込んできて、いきなり刀を抜き払って斬りかかった。

「うわっ……何をなさいます！」

仰《の》け反《ぞ》って尻餅をついたが、土間から板間に這《は》い上がることもできずに、口から泡を吹き出しながら、

「や、やめて下さいまし……なぜ、私にこんなことを……！」

「自分に聞いてみろ。おまえが余計なことを話したばかりに、殿に迷惑がかかってる。自らが蒔《ま》いた種だと思って、諦《あきら》めろ」

「な、なにを！　ひい！」

大声を上げようとしたので、他の浪人がその口を塞《ふさ》ぎ、今井が突き出した刀で刺そうとした。そして、逃げようとした番頭の背中にも斬りつけようとしたそのとき、

「待ちやがれ、すっとこどっこい！」

潜り戸から窮屈に身を屈《かが》めて押し入って来たのは、半次であった。

「な、何奴《なにやつ》！」

浪人のひとりが問答無用に斬りかかってきたが、かわしてテッポウを打つように弾《はじ》き飛ばすと、その勢いのまま今井を突き飛ばした。吹っ飛んだ今井の体が別の浪人にぶちあたり、番頭は這々《ほうほう》の体で奥へ逃げた。

さらに、もうひとりの浪人が刀を突いてきたが、脇の下に抱えて頭突きをかまして、失神させた。あまりにも鈍い音がしたから、浪人の頭蓋骨《ずがいこつ》が陥没したかもしれない。

「き、貴様……な、なんだ⁉」

今井だけが必死に立ち上がって身構えたが、刀は何処かへ転がっていったから、脇差を抜き払って、

「俺を誰だと心得ておるッ」

「人殺しだろ？　一歩、遅ければ、治右衛門も番頭も殺されていた。だが、水原と磯吉殺しの罪は消えないぜ」

「な、なに⁉」

憤りのまま今井は、半次に突っかかろうとしたが、今度は潜り戸から、伊蔵が飛び込んできて、続いて久保田が入ってきた。

「まんまと罠《わな》に嵌《はま》りましたな、今井さんよ」

ニンマリと笑いながら、

「そこな治右衛門は、まだ何も話しちゃいませんがね。これから、じっくりと聞かせて貰いましょうか」

今井は戸惑いを隠せずに、突っ立っている。治右衛門の方も、訳が分からないとばかりに、啞然《あぜん》となって見ている。

「なんだ……どういうことだ」

「悪足掻《わるあが》きはよしましょう、今井様。俺が知りたいのは、ふたりの人間が殺された事件の方だ……勘定奉行の公金横領の方は、この〝でぶ〟が解決するでしょうよ」

「……なんだ、おまえは誰だ……一体、何だというのだ……」

狼狽《ろうばい》する今井に近づいた久保田は、一閃《いっせん》、刀を抜き払ってビシッと小手《こて》を斬った。悲鳴をあげて崩れる今井と腰を抜かしたままの治右衛門を、乗り込んできた数人の捕《と》方《かた》が一斉に飛びかかって捕縄するのだった。

「おい、半次……これで貸し借りはなしだぜ」

「………」

「おまえの話で、殺しの一件はどうにか片が付きそうだが……月丸十兵衛も含めて、何を探っていたかは、いずれ表に引きずり出してやるからよ」

「捕り物の手伝いをしてやったのに、ご挨拶だな」

「お奉行の榊原様から、おまえたちのことは探るな……そう言われた。いや、恫喝《どうかつ》された……公金横領を調べていたってことは、もしや、公儀隠密か何かかい」

「残念だが、そんな大層な代物《しろもの》じゃねえや」

半次は大きな体を揺らすと、今井と治右衛門を振り返って、

「岩間修理亮とともに、死ぬより辛い思いが待ってるから、覚悟しとくんだな」

と吐き捨てて、出て行った。

八

翌日の夜は、雨雲が広がり、月明かりはまったくなかった。

慶安寺の裏塀を抜けて出てきた頭巾姿の香澄の前に、ふらりと人影が立った。ドキッとして立ち止まった香澄は、ほんの一瞬、顔を伏せて黙然と通り過ぎようとしたが、行く手を人影が塞いだ。

「――月丸十兵衛様ですね……」

闇の中から顔を出したのは、香澄が思ったとおり、十兵衛であった。

「一度、〝洗った〟人間が何処で何をしようと勝手だが、このままトンズラされたのでは、沽券《こけん》に関わるのでな」

「…………」

「いや。こっちの都合なんざどうでもいい。貰うものは貰ったんだから、言える文句もない。だが……まだ、はっきりとしないことがあるのでな」

「はっきりとしないこと……」

「あんたの話から、仲間に繋いだところ、水原殿と磯吉を殺した下手人を、町方が掴まえることができた。岩間修理亮の家臣で、今井という男だった」

「今井様……」

「知っているのかい」

「は、はい……」

「妙だな」

真っ暗な中でも猫の目のように輝いている香澄の目を見つめて、十兵衛は問いかけた。

「本当に、岩間の奥向きにいたのかい。今井は、おまえのことなんぞ知らないと言っていたがな」

「…………」

「旗本の家臣ながら、北町奉行所のお白洲《しらす》にまで引っ張り出されて、水原殿と磯吉殺しについて厳しく吟味された。初めは、知らぬ存ぜぬを通していたが、町方同心や岡っ引が調べ出した証拠や証人が色々と出てきた。『伊勢屋』の治右衛門が畏れながらと、正直に話したことから、岩間の悪事もすっかりバレてしまった」

「…………」

「評定所《ひょうじょうしょ》での調べは、まだこれからだろうが、早晩、片が付くに違いあるまい。榊原主計頭という北町奉行は、かなりの遣り手だからな……だが、果たして、おまえがいなければ、この一件、片付いていたであろうか」

十兵衛の奥歯にものが挟まったような言い草に、香澄は少し苛ついたのか、

「まったく、見ると聞くとは大違いですねえ……ちっとも男らしくない。ねちねちと女の腐ったような……いや、私は女だけれど、そんなにねちねちしてませんがねえ」

と呟きながら、鬱蒼《うっそう》とした竹藪《たけやぶ》の中の小径《こみち》を歩き出した。その先には、小川があって、小さな船着場があり、水路が海に向かって流れている。

「船で何処かへ逃げようってのかい？　船着場の川船なら、俺の仲間の菊五郎が奪って、他の所へ移してるぜ」

「！……」

「正直に話しな。一体、本当はあんたは誰で、どうして俺たちに厄介事を持ち込んだんだ」

香澄は何も答えず、それでも竹藪の小径を歩いて進みながら、

「さあ、誰でしょう。当てて、ご覧なさいな」

居直ったのか、少し蓮《はす》っ葉《ぱ》な雰囲気を醸し出して、十兵衛の前を歩いた。着物の帯

には懐剣を挟んでいたが、こっそりと手にしていた。十兵衛は見抜いており、

「俺を斬ろうってのは無駄なことだ。それとも、使命を終えたから、自分の喉を突こうってのかい？　それも困るな」

「そんな勇気はありませんよ」

気丈に答えた香澄の帯を見ながら、十兵衛は語りかけた。

「ならば、おまえが訊いたとおり、何者か当ててみようか……元若年寄、有馬伊勢守忠輔の手の者であろう」

ほんのわずかに歩みが遅くなった。その香澄の背中に、十兵衛は話し続けた。

「有馬伊勢守……おまえに説明をするまでもなかろうが、暴徒に襲われて殺されたことにして、〝世直し〟のためだの〝闇捌き〟だのといって、俺たちを利用しようとしている御仁だ……御仁てのは皮肉で言ったんだぜ」

「…………」

「自分は世間から身を隠して、表では榊原主計頭を立てて、ふたりで組んで正義をかざしているようだが……俺たちには、それが気に食わぬ。手も貸さぬと言ったはずだ」

「…………」

「だからこそ、おまえを使って仕組んだ……狙いは端から、勘定奉行岩間の不正を暴

くための仕掛け……俺たち〝洗い屋〟を動かすことで、水原殺しの裏を洗って、岩間にまで行き届くことを計算していた」

「………」

「そのために、磯吉が殺されるかもしれないことを、おまえは承知していた。いや、有馬伊勢守が百も承知していた……のかもしれない。人ひとりの命を虫けらのように消してまで、正義とやらを押し通したいのかい」

立ち止まった香澄はゆっくりと振り返って、

「言っておきますが、磯吉が殺されるとは思ってもみなかった。それだけ、岩間が上《うわ》手《て》だったということよ」

「――ふむ……やはり、有馬の手先だと認めたか」

口元を歪める十兵衛に、香澄は何も答えず、先へ進みはじめた。

「香澄とやら……いや、その名も本当かどうか分からぬが、有馬は何故、俺たち〝洗い屋〟に関わろうとする。たしかに、有馬家は代々、〝洗い屋〟を差配していたらしいが、それと俺たちとは何も関わりがない」

「……私だって分かりません」

「だが、俺に嘘をついたがために、俺たちはおまえの素性を探ろうとした。そのことが、自ずと、岩間を引きずり出すということに繋がった……」

「………」

「今般、俺たちが何もしなければ、町方の久保田も動かなかったし、こういう結末にはならなかったはずだ。しかし、必ず動くと睨んでいたのは、闇の掟破りをしてまで、俺たちが動くようにし向けていた、有馬の意図があったからだ」

責めるように言い続ける十兵衛に、香澄は鼻先で笑うように、

「だったら、何だって言うんです」

「ん……?」

「たしかに、磯吉は犠牲になってしまったけれど、あれも有馬様の密偵……岩間の屋敷内に潜り込んで探索をするためだった」

「では、おまえも……」

「ええ。奥向きに入ったのは本当のこと。でも、今井とは顔も会わせたことなんぞない。ただ、水原様とは……」

「色仕掛けで、正義に目覚めさせたか」

「そんなことに乗る人じゃありませんよ。屋敷の中で探索していて、水原様なら真っ向から、殿の不正を暴こうとする。その気骨があるからと睨んだだけ」

「でも、そのために命を落としたッ」

十兵衛は語気を強めた。

「勘定奉行の職にある者の不正を暴くのは結構なことだ。だが、そのために、人が命を落としても良いと考えている有馬やおまえのやり方には反吐《へど》が出る」

「………」

「俺たち、〝洗い屋〟は人の命を助けるために、違う人生を生かせるために、働いているんだ。だから、おまえのような奴は、断じて、許すことができぬのだ」

「そうですか……」

他人事《ひとごと》のように言った香澄は、闇の中で十兵衛を凝視して、

「私は、大勢の人の役に立つのなら、この身が滅んでもいいと思ってます。公金の横領は、汗水を流して働いた、百姓衆の年貢を奪っていることに他ならない。私にはそれが許せないッ」

「おまえは、百姓の出なのか？」

香澄はそれに答えず、感情を押し殺しながらも続けた。

「水原様だって、命を賭《か》けて、主君の不正を暴こうとした。磯吉も密命のために、命を削った。それこそが人の生き様だと私は思いますがね」

「…………」

「陰でこそこそ逃げ廻っている人間……その手助けをする〝洗い屋〟の何処《どこ》に正義があるのですかねえ。所詮《しょせん》は、人を隠して、金を貰っているだけの人間……隠し神のように、人を連れ去ってるだけの人じゃないですか」

「おまえに、俺たちの信念を分かって貰おうなんざ、これっぽっちも思ってないよ」

十兵衛は腰の刀に手をあてがい、鯉口《こいぐち》を切った。

「……斬ろうってのかい？」

「人殺しは好かんのでな……本当の尼になって貰おうと思う」

「へえ……できるものなら、やってみなさいよ！」

鋭く言い放って、懐剣を抜くと同時、左手に隠していた棒手裏剣《ぼうしゅりけん》を投げつけた。すんでのところで避《よ》けた十兵衛は、素早く自分の間合いに飛び込むと、バサッと帯を斬り払った。

見事に帯と扱《しご》き紐が切れ落ちたために、着物が崩れ、だらしなく裾が乱れた。意外と豊かな体つきだった。思わず身を竦《すく》めた香澄の頭巾を斬り払った十兵衛は、さらに香澄の島田崩しをバッサリと斬り落とそうとした。

そのとき――。

ヒュンと空を切る音がして、十兵衛の目の前に突然、小柄《こづか》が飛来した。とっさに避けた隙《すき》に、香澄は間合いを取って離れて、懐剣を胸の前で構えた。

横合いの小径から、編笠《あみがさ》に着流しの侍が悠然と現れた。

「その辺で、勘弁してやってくれないか」

声に覚えがあった。

十兵衛は下段に構えたまま、微かに闇の中に浮かぶ相手の姿を目に留めて、

「――有馬伊勢守……だな」

「良い目をしておるな」

「闇夜に編笠とは、よほどの悪事をしている証《あかし》だな」

「この女は……おまえにくれてやる」

「なに？」

「〝洗い屋〟として、好きに使うがよい。腕も度胸もあって、男を虜《とりこ》にする美形ときてる。何かと役に立つと思うがな」

「断る――」

「まあ、そう突《つ》っ慳貪《けんどん》に言うな。おまえたちのお陰で、岩間は切腹と相成《あいな》った。これでまた、幕府に巣くう膿《うみ》を削《そ》ぎ取ることができたということだ」

「…………」

「どうだ。そろそろ、おまえの狭量な考えは捨てて、俺と手を組まぬか」

自信に満ちた有馬を睨みつけていたが、いつの間にか、香澄は姿を消していた。

あっと思い探そうとしたとき、一陣の風が吹いて、笹の葉が舞いながら十兵衛を包んだ。一瞬、目を閉じて振り払うと――有馬の姿も消えていた。

周りに気を配りながら、見廻したが、誰もいない。

ただ、雲間から蒼い月が顔を出して、俄に深い竹藪が広がっているのが分かった。

その竹藪の向こうから、

「旦那！　十兵衛の旦那……！」

「十兵衛さん、何処にいるの？　大丈夫かい」

菊五郎とさつきの声が聞こえた。

狐に摘《つま》まれたように十兵衛は、月光の中で立ち尽くしていたが、これからも有馬に関わらねばならぬかと思うと、急に腹の底から得体の知れぬ怒りを覚えた。

そして、奴をこそ、本当に〝洗ってやろうか〟と心に決めたのであった。

竹藪のざわめきが激しくなり、十兵衛の名を呼ぶ、菊五郎とさつきの声はしだいに掻き消されていった。

第二話　千鳥ヶ淵《ちどりがふち》

一

千鳥ヶ淵の外濠《そとぼり》の通りは、夜が深くなると闇が広がって、鬼か夜叉《やしゃ》が出るような怪《あや》しげな風が吹くという。

今宵《こよい》は刃《やいば》のような三日月が浮かんでおり、かつて千代田城《ちよだじょう》の天守閣があった石垣が、微《かす》かに見える。つい先刻まで、城壁には所々に篝火《かがりび》がともっていて、濠の水も燦《きら》めいていたが、灯《ひ》を落とす刻限《こくげん》が過ぎてからは、城は真っ黒な布で覆《おお》われたようであった。

ザワザワと柳が揺れて、灌木《かんぼく》の間の下草《したくさ》からも、何人かが踏みならすような足音がする。だが、時々、女が喘《あえ》ぐような声が洩《も》れ聞こえていた。漆黒《しっこく》の闇から、這《は》い上がるように悶《もだ》え声が起こると、

「きゃあ……！」

と今度ははっきりと女の声が聞こえた。

だが、すぐに猿轡《さるぐつわ》でも噛《か》まされたようにくぐもって、喘ぎ苦しむ声に変わった。

やがて激しく足をばたつかせて、ガサガサと激しく下草が揺れた。

漆黒の闇の中で起こっていることは、どうやら不届《ふとど》きな侍が、か弱い女を連れてきて陵辱《りょうじょく》しているようだった。たったひとりの女を、三人がかりで手籠《てご》めにしていたのだ。いずれも、まだ十六、七歳の若侍である。

そのとき、ベキッと枯れ枝か何かを踏む音に、三人は同時に振り返った。

「!?――誰だ……おまえは」

立ち上がろうとした若侍のひとりの眉間《みけん》に、いきなりガツッと刀が振り下ろされ、鮮血が飛び散った。暗くてよく見えないが、生暖かい血であることはすぐに分かった。

「ひ……ひい……」

他のふたりの若侍が這いずって逃げ出した。足だけはすばしっこく、こけつまろびつしながらも、あっという間に斬られた仲間を捨てて逃走した。

仰向《あおむ》けに倒れているのは若い娘だったが、失神《しっしん》しているだけだった。着物の裾《すそ》がたくし上げられ、白い足には無惨《むざん》な切り傷が幾重《いくえ》にもあった。若侍の眉間を叩き斬った男は、鞘《さや》に刀を収めてから、裾を戻して足を隠してやった。

だが、その男は女をそのままにして、踵《きびす》を返した。微かに月と星の明かりに浮かんだ姿は、夜だというのに深編笠《ふかあみがさ》であった。口元から顎《あご》にかけては、立派な髭《ひげ》を蓄《たくわ》えていた。それは、公儀《こうぎ》や藩に仕えていないことを物語《ものがた》っている。しかし、浪人にしては、折り目正しい黒っぽい羽織袴《はおりはかま》を着ており、いかにも武芸者《ぶげいしゃ》らしい足取りであった。

翌朝――。

眉間をパカリと割られて死んでいる若侍の姿は、赤坂見附《あかさかみつけ》に向かう途中の公儀番方の役人が見つけた。

すぐさま北町奉行の榊原主計頭《さかきばらかずえのかみ》が中心となって探索《たんさく》が始まったが、殺された若侍の身元が、勘定方《かんじょうがた》の旗本・飯尾典膳《いいおてんぜん》の子息、一之進《いちのしん》であることがすぐに分かったため、目付の岡本謙之輔《おかもとけんのすけ》も一緒になって、探索を進めることとなった。

殺された現場を丹念《たんねん》に検分していたのは、北町奉行所定町廻《じょうまちまわ》り同心の久保田万作《くぼたまんさく》と、岡っ引の伊蔵《いぞう》である。

すでに幾つもの〝遺留品《いりゅうひん》〟を見つけていた。印籠《いんろう》や根付《ねつ》け、扇子《せんす》や脇差《わきざし》、女物の帯締めや簪《かんざし》なども落ちていたのを、拾い集めた伊蔵は、首を傾《かし》げながら、

「殺された飯尾一之進の他に、侍も何人かいて、女もいたってことですかね」

と訊《き》くと、久保田も唸《うな》って、

「てことだな……女を取り合って、争って斬り合ったか……」

「そんな艶っぽい話なら、こんな鬱蒼《うっそう》とした所でやりますかねえ。しかも、下手《へた》をすれば見附の番人にも見つかるだろうし」

「いや。夜中は真っ暗だからな、この辺《あた》りは……俺だって気持ち悪くて、ひとりで来るのはいやだぜ」

「たしかに、久保田さんはお化けが恐いですからねえ」

「余計なことを言わずに、もっとちゃんと調べろ」

「調べてますよ。へえ、へえ」

「なんだ。近頃、妙《みょう》に不満そうではないか」

「袖《そで》の下をあちこちで貰《もら》ってんですから、もう少し給金を上げてくれねえかってね。あっしも色々と出ていくものがあって」

「結局、金の話か」

「旦那だって、大好きでやしょ？」

「分かった、分かった。そう突っかかるな。この事件が片付いたら、ドンと上げてやるから、しっかり働け」

「ほんとですね。しっかり聞きやしたよ」

耳を向ける伊蔵に、久保田は面倒くさそうに「ああ」と頷《うなず》いた。

そのとき、ふと視線を感じて一方を見やると、町方中間らが木に結んだ〝保存縄〟の外に立っている老人が目に入った。袖無しの羽織に野袴という姿で、竹箒《たけぼうき》を手にしている。少し背が丸くなっているから、杖《つえ》代わりかもしれぬが、目には妙《みょう》な力があった。

久保田がその老人の方に向かい始めると、伊蔵は訝《いぶか》しげに、

「どうしたんです、旦那……」

「おまえは、とにかく、この場に残っていた物から、飯尾一之進とここに来たであろう奴らを、すぐに洗ってくれ」

「へえ」

駆《か》け出す伊蔵を見送って、久保田は老人の前に立った。

「ご隠居《いんきょ》……この近くにお住まいですか」

「私……？」

老人は自分を指さして、辺りを見廻してから、

「そうですな。隠居なんて言われるのは、私くらいですな……いやいや、自分ではさ

ほど年を取ってないつもりですが、そう見えるのですな、はは」

愛想《あいそ》笑いをする老人に、久保田は険《けわ》しい目のままで、

「近くに住んでいるのかと訊いてるのだ。この辺りは武家屋敷が多いが、あの若侍は一刀のもと眉間を割られている。もしかして、そういう危うい者が、近くにいるという噂を聞いたことがないかと思ってな」

「はて……私は、すぐそこに拝領《はいりょう》屋敷がある杉野又右衛門《すぎのまたえもん》という者でござる」

「杉野又右衛門……」

久保田は口の中で繰り返して、アッと凝視《ぎょうし》した。

「もしや……勘定奉行まで勤められた……杉野伊賀守《いがのかみ》又右衛門様……！」

「さよう」

「こ、これは、失礼をば致しました。申し訳ありません。そのような格好をなさっておいでですので、てっきり……」

只《ただ》の爺《じい》さんかと思った——という言葉は呑《の》み込んで、いたく恐縮《きょうしゅく》する久保田に、
杉野は微笑《ほほえ》み返して、

「近頃は、心がけの悪い者が多くてな、そこかしこに物を捨てていく。犬や猫でも自分の糞《ふん》くらいは始末をするのに、人間の方が手がかかる。まったく、いつから、だら

しがない輩《やから》が増えたのか」

と掻《か》き集めた割れた茶碗や壊れた文机《ふづくえ》や沢山の紙屑《かみくず》などを、箒で指した。すぐ近くにガラクタと塵芥《じんかい》の山がある。杉野は近所の武家の奉公人や裏店の住人などと一緒になって、塵芥の処理をしているという。

「それは、ご苦労様です……しかし、まったく不届き者ですな……町方の方でもしかと見廻って、注意を促《うなが》しておきます」

「ああ。宜《よろ》しく頼みますよ」

「ハハッ……」

隠居の身とはいえ、相手は三千石の大身《たいしん》の旗本である。権威《けんい》や権力に弱い久保田は、異様《いよう》に緊張して直立《ちょくりつ》したままで、

「ところで、昨夜のことですが……女の悲鳴とか、言い争う声とかを聞きませせなんだか。杉野様ですから話してもよかろうと思いますが、実は旗本の飯尾一之進という者が、額を割られて殺されていました」

「ほう。それは、それは……」

箒を小脇に抱《かか》えて、杉野は目を閉じて合掌《がっしょう》をした。

「まだ何が原因かは分かりませぬが、その場には、女の簪なども残っておりますゆえ、

何か揉《も》め事でもあったのであろうと推察《すいさつ》しております」

「何とも痛ましいですな」

「まだ十六、七の若侍です……近頃は、旗本の子息らが、つるんで人々に迷惑をかけているという話も聞きます……あ、いいえ、杉野様のご子息がそのようなとは、言っておりませぬよ」

思わず久保田は手を振って否定したが、杉野は寂しそうな笑みを浮かべて、

「いえ……私の倅《せがれ》は……殺された若侍の親御《おやご》殿は辛いでしょうな……」

しんみりとなった杉野に、久保田はどう返してよいか分からず、

「──あ、とにかく……もし何か気になることがあれば、拙者《せっしゃ》……北町奉行所の久保田万作という者ですので、お報《しら》せ下さい」

「分かりました。一刻も早く、下手人が見つかればよろしいですな」

杉野は軽く頭を下げると、トボトボと濠沿いの道を屋敷の方へ戻っていった。時々、箒で塵芥か枯れた草花を掃《は》いている。

「楽隠居……とはいえ、息子を亡くしたのなら、寂しいのであろうな」

久保田は小さく溜息《ためいき》をついて、静かに見送っていた。

二

杉野家は千鳥ヶ淵から、堀端一番丁《ほりばたいちばんちょう》と御用地《ごようち》を越えた所にある、新道《しんどう》一番丁の武家屋敷が建ち並ぶ中の一角にあった。大名屋敷が多く立派な長屋門が続くが、杉野の屋敷も一際《ひときわ》目立つ大きな屋敷だった。

外から見れば瀟洒《しょうしゃ》で落ち着いた感じだが、表とは違って、金糸銀糸の刺繡《ししゅう》や金箔《きんぱく》を張り詰めたような屛風《びょうぶ》、狩野派《かのうは》の襖絵《ふすまえ》、天井も彩色豊かな絵や紋様が施《ほどこ》されている。表で近所のおばさんたちと仲良く、塵芥拾いをしている好々爺《こうこうや》とはまったく違った印象の屋敷内であった。

家臣は何十人もいるようだが、身近な面倒は中年の五助《ごすけ》という小者《こもの》がほとんど担《にな》っており、奥向きの女たちとの交流もあまりなさそうであった。

黄金の髑髏《されこうべ》や金色の床几《しょうぎ》などはもう悪趣味としか言いようがなく、外面《そとづら》と内向きの二面性を物語っていた。かといって、家臣をいたぶったり、近所の下級武士や町人を蔑《さげす》むというのではない。常に黄金に包まれているような暮らしを長年してきたのであろう。慣れきった様子で、妙ないやらしさがないのは、まるで世捨て人のような風貌と態度だからであろうか。

「――殿……」

遠慮がちな声が、廊下から聞こえた。五助の声であることは、杉野にはすぐに分かった。安堵《あんど》したような笑みを浮かべて、口に咥《くわ》えていた煙管《キセル》を外すと、

「構わぬ、入れ。一々、遠慮をするな」

「ははッ……」

入って来たのは、四十絡《がら》みの小柄な男である。気心が知れていても、主君と家臣、いや家来以下の小者であるから、恐縮して当たり前であった。

「謡《うたい》と仕舞《しまい》をお見せするために、能楽師《のうがくし》を連れて参りました」

「さようか……ならば、それへ」

障子戸を開けると、能楽堂が設《しつら》えられている中庭があった。階《きざはし》の下は池になっており、きらきらと陽光が光っている。人間の情念《じょうねん》を〝わびさび〟をもって表現する能楽であるにも拘《かか》わらず、能楽堂もまた金ピカで、鏡板の青松《せいしょう》は枯れて、枝葉が血が飛んだように赤く、本舞台や橋掛かりはさすがに檜《ひのき》のままだが、一の松から三の松も枯れており、シテ柱、目付柱、脇柱、笛柱は黄色だった。

どう見ても悪趣味である能楽堂で、舞わねばならぬ能楽師はさぞや気味悪いことで

あろうが、元々、幽玄《ゆうげん》能が多いゆえか、面を付けた役者の動きは堂々としたもので、地謡《じうた》も腹の底から響き渡る声には、人の魂《たましい》を刳《えぐ》るような得体《えたい》の知れない力があった。

ふつうは太鼓や鼓《つづみ》、小鼓、笛が入るが、なぜか杉野は、それらを排除して、謡と舞いだけで、「胡蝶《こちょう》」や「西行桜《さいぎょうざくら》」などに接するのであった。ぼんやりと観ているが、杉野の顔は楽しんでいるのか、苦しんでいるのか分からぬ複雑な表情であった。

「殿……心の臓は大丈夫でございますか」

同じ座敷だが、離れた下座《しもざ》で一緒に観ていた五助が声をかけた。眉に皺を寄せているので苦しいのかと思ったのだ。心の臓が時折、不規則に鼓動する持病が、杉野にはあったのだ。

杉野は目を細めたまま、恍惚《こうこつ》の笑みを浮かべて、

「英之輔も大層《たいそう》、能楽は好きだった。観ているだけで、頭の中のもやもやが消えて、気持ちよくなるとな」

「はい……大丈夫ですか」

「案ずることはない。小さな頃から、能楽を心から楽しんでいた息子の顔を思い出したまでだ。五助、おまえには退屈だろうがな」

「そのようなことはございませぬ。近頃、少しばかり、描かれていることの意味が分

かるような気がしてきました」

「さようか。私は未《いま》だに分からぬ、ははは……」

穏《おだ》やかな目を向けると、杉野は満足そうに頷いた。


北町奉行所の定町廻り同心部屋では、蜂の巣を突《つつ》いたような騒ぎになっていた。

飯尾一之進の死体が見つかった所に落ちていた遺留物により、すぐさま旗本仲間のふたりが一緒であったことが判明したのだ。ひとりは、近藤辰馬《こんどうたつま》という長崎《ながさき》奉行の息子と、日野祐平《ひのゆうへい》という山田《やまだ》奉行の息子であった。いずれも大身の旗本である。

殺された飯尾一之進は、わずか三百石の旗本の子息ゆえ、他のふたりよりも随分《ずいぶん》と格下《かくした》である。この飯尾が殺された理由は、近藤辰馬も日野祐平もきちんと話そうとしない。目付の岡本がそれぞれを何度か、呼びつけて質問をしたものの、ふたりとも、

「知りませぬ。さような所へは行っておりませぬ」

との一点張りだった。では、遺留品である薬籠《やくろう》や根付けなどの類《たぐい》はどうしたのかと、目付が問い詰めても要領《ようりょう》を得なかった。

だが、北町奉行の榊原主計頭が、ふたりの親に許可を得ずに、町奉行所に呼びつけて、まるで断罪でもするように、執拗《しつよう》に問い詰めたのだ。そのことで、幕閣《ばっかく》らは厄介《やっかい》

事《ごと》になってしまうと恐れて、榊原の権限を封《ふう》じて、一切を岡本《おかもと》に委任してしまった。

近藤辰馬の父親・近藤豊後守《ぶんごのかみ》と日野日向守《ひゅうがのかみ》は旗本ながら、守名乗《かみなの》りをしているのは遠国《おんごく》奉行として任地《にんち》に赴《おもむ》いているからであり、格式《かくしき》からいっても、江戸町奉行、勘定奉行、寺社奉行といういわゆる三奉行と同等である。長崎奉行の近藤家は八千石の大名であり、その役職からいっても大名並みであった。

その子供たちを、一方的に責め立てる榊原の強引さに、老中や若年寄が「待った」をかけたのである。

「我がお奉行が睨《にら》みは……近藤辰馬か日野祐平のいずれかが、あるいはふたりが、飯尾一之進を殺した……ということだ」

久保田は、伊蔵に小声で言った。

奉行所を出てから、京橋《きょうばし》の方に向かった所にある茶店である。

「どういうことです、旦那……」

「だから、大身の旗本のご子息ふたりが、仲間を殺したってことだよ」

「そういう意味じゃなくて、なんで俺にそんな話をするんです」

「え……？」

「だって、公儀のお偉い方々が、榊原様を身動きできなくしてまで、事件の真相を目付に委《ゆだ》ねたんでしょ？　もう、あっしらがあれこれ探索することは……」

「尻込みするのか、伊蔵」

「別に？　ただ、俺たちが、しゃしゃり出ることではないかと」

「たしかに、そうだが……近藤辰馬、日野祐平、飯尾一之進……この三人は、旗本のガキどもの中でもタチの悪い奴らだと評判で、〝赤鞘組《あかさやぐみ》〟と呼ばれてる不良どもだ」

「赤鞘組……飯尾の刀の鞘は、特に赤くはなかったですが……」

「赤ん坊みたいなものだってことだ。甘やかされて育った旗本のガキどもは、大体《だいたい》が親の権威を笠《かさ》に着て、ならず者を手下に使って、弱い者いじめをするのが相場《そうば》だ。若いくせに、ろくに剣術の稽古もしねえから、力が有り余って、その分、悪さばかりしているって輩だ」

呆《あき》れ返った口調になる久保田に、伊蔵は頷きながらも、

「だからって、旦那が調べることじゃありやせんよ。どうせ、仲間割れかなんかって、お奉行もそう睨んでるんでやしょ？　だけど、きちんとした証拠はないわけだし、旗本のガキ同士の喧嘩《けんか》で、あれこれ揉《も》めたくないし、世間体《せけんてい》もあるから、この一件、公儀のお偉方《えらがた》は密《ひそ》かに葬《ほうむ》ろうと……」

「そうではないのだ」

真顔《まがお》になって、久保田は言った。

「その榊原奉行に、耳打ちされたのだ……密かに探索して貰《もら》いたいことがあると」

「お奉行に耳打ちを……?」

言いかけて伊蔵は、ケラケラと笑った。

「旦那……まだ残暑が厳しいとはいえ、頭ン中が溶《と》けてやすね。第一、袖の下を貰うのが関の山で、ろくに手柄《てがら》も立ててねえ旦那が、お奉行直々《じきじき》に囁《ささや》かれるわけがねえ。あるとしたら、肩叩きだ」

「黙って聞け、バカやろうめが」

険《けわ》しい声で制すると、久保田はまた声を潜《ひそ》めて、

「いいか。お奉行が、〝赤鞘組〟と呼ばれる不良たちが仲間割れしたと言ったのは、目付の探索の目を逸《そ》らすためだ」

「目付の目を逸らすって……洒落《しゃれ》ですか」

「おい」

「あ、へえ……すみません」

「お奉行の狙いは他にある。別の誰かが、仲間割れに見せかけて殺したか、さもなくば、俺たちが思いも寄らぬ訳《わけ》があるに違いないと睨んでいるのだ」

もったいぶったような言い草に、伊蔵は少し苛々となって、

「だから、何なんでやす。その訳とは」

「それを探索せよって命じられたのだ。いいか……もし只の仲間割れとか喧嘩ならば、物を落として逃げることは考えられないし、あの場所でやるとも思えぬ……そして、女物の簪……一体、誰の物で、どうして、あの場所にあったかってのが謎だってんだ」

「お奉行が……」

「ああ。〝赤鞘組〟が隠したがる何か裏があることは間違いあるまい。奴らの父親は赴任先だが、いずれ厄介事は揉み消しにかかる。さすれば、目付の岡本様は旗本を見張る役目とはいえ……いや、だからこそ、上から言われて、肝心《かんじん》なことをわざと見逃す虞《おそれ》がある」

「分かりやした。榊原のお奉行様は、一旦、事件から引くと見せかけて、真相を探るってことですね」

「さよう。その密命が俺に下《くだ》された……ってことは、出世の目もあるということだ」

欲の皮が突っ張った久保田を見て、伊蔵も手間賃《てまちん》が上がると算盤《そろばん》を弾《はじ》いたのか、

「いいですねえ、いいですねえ……前祝いに一杯いきますか。茶じゃ、つまらねえ

し」

「それは、糸口を摑《つか》んでからにしよう」

「糸口って？」

「女だよ……簪の持ち主を探し出せば、その場の様子を見たかもしれぬからな、事件は一挙《いっきょ》に核心《かくしん》に迫《せま》れると思うのだがな」

「なるほど……」

「お奉行から預かってきた。これだ……」

簪には、小さな赤い鶴の絵柄が彫られている。これをもとに職人を隈無《くまな》く当たれば、さして造作《ぞうさ》のないことであろうと、久保田は踏《ふ》んでいるのだ。

「よし、分かった。探し物は、あっしの得意中の得意なことなんで」

伊蔵はその簪を大切そうに懐《ふところ》に仕舞《しま》い込むと、すぐに腰を上げた。

「おい。質屋に持ってくなど、よからぬことを考えるなよ」

「旦那とは違いやすよ」

真顔で駆け出していく伊蔵を、久保田は苦笑して見送った。

三

雑踏《ざっとう》の中で殺気《さっき》を感じるというのは、めったにないことである。

月丸十兵衛《つきまるじゅうべえ》は背中に痛い視線を感じて、近くにあった一膳飯屋《いちぜんめしや》に入った。食台が五つばかりある小さな店だが、奥に行って壁を背にして腰掛けると、味噌田楽《みそでんがく》と菜飯《なめし》を頼んで、濃い茶を貰った。

ずっとまとわりついていたような殺気が、店の前で止まり、外の熱気とともに、そして暖簾《のれん》をくぐって入ってきた。五十絡《がら》みの清潔感漂《ただよ》う侍である。一見《いっけん》して、幕府の御家人か何処《どこ》かの藩士であろうことは分かったが、身元までは分からない。

十兵衛は素知らぬ顔をして、茶をすすっていたが、五十絡みの男は奥の席にゆっくりと近づいて来ると、

――スッ。

と腰をわずかに屈《かが》めると、いきなり抜刀《ばっとう》して十兵衛に斬りかかった。

すでに見抜いていた十兵衛は熱い茶をサッと相手の顔にかけたが、素早く避けられ、二の太刀を落としてきた。十兵衛は刀を半分だけ抜くと、ガキンと相手の刀を受け、

体を預けるようにして押し返した。

相手が二、三歩後ろに引いたときには、十兵衛はすでに抜刀しており、青眼《せいがん》に構えて切っ先を相手の鳩尾《みぞおち》辺りに向けていた。敵からすれば、間合いの取りにくい構えだ。

一瞬にして凍りついた店内の客は、逃げ出すこともできないくらい強張《こわば》っていた。

「用件があるなら、まずは口で言うべきだと思うがな」

「…………」

「それとも、口をきけぬか」

「……畏《おそ》れ入りました」

五十絡みの侍はすぐに刀を引くと鞘《さや》に戻して、土下座でもするかのように腰を落とし、十兵衛を見上げた。周《まわ》りの客たちはザワザワとなったが、また刀を振り廻されてはかなわないとばかりに逃げ出した。

——殺気が消えた。

と判断した十兵衛は、それでも気を抜かないまま〝残心〟を取りつつ刀を収めると、目の前の侍に声をかけた。

「腕試しか」

「申し訳ございませぬ」

「それにしては、洒落にならないくらい殺気が強かったが」

「それは、月丸十兵衛様が常に鋭い殺気を帯びているからでございます。鏡にぶつかって光が輝きを増すように、人の気も強く跳《は》ね返すといいますから」

「俺の名を知っているとは……子細《しさい》があるようだな」

「無礼《ぶれい》を致しました。このとおり、お詫《わ》び申し上げます」

お互い腕前を知って、内面のありようも見抜いたようだった。十兵衛は田楽と菜飯の代金だけを払って、もう作らなくてよいと店の親父に声をかけてから、五十絡みの侍とともに表に出た。

相手は十兵衛のことを〝洗い屋〟であることも承知しているようだった。歩きながら話していると、十兵衛が谷中富士見坂《やなかふじみざか》で洗い張り屋を営《いとな》んでいることも知っており、『宝屋《たからや》』の半次《はんじ》のことや、髪結いの亭主の菊五郎《きくごろう》、八卦見《はっけみ》のさつきなどのことも承知している節《ふし》があったからだ。

殺気が消えたとはいえ、相手が招《まね》く所へ付いていくほど、十兵衛はお人好しではない。臆病者《おくびょうもの》ではないが、警戒心は強い。それで、五十絡みの浪人を誘ったのは、『桐《きり》の葉《は》』という十兵衛がたまに行く料理屋だった。高桐《たかぎり》という元深川《ふかがわ》芸者がやっているのだが、身請《みう》けした旦那が〝けもの屋〟という猪《いのしし》の肉を扱《あつか》う店をやっているらしく、精進料理《しょうじん》として猪の煮込みなどが〝鮪《まぐろ》〟として出されていたからだ。

丹波《たんば》の下《くだ》り酒《ざけ》をきゅっとやってから、鰹《かつお》と〝鮪〟をあてに話を聞いた。相手は十兵衛が思ったとおり、幕府の御家人で、畳奉行配下の青木喜三郎《あおききさぶろう》という者だという。いわば下級役人だが、それにしては剣術の腕前はなかなかのものだ。

十兵衛が訝《いぶか》しんでいると、青木の依頼は、

——自分の娘を洗って貰いたい。

ということだった。

手荒《てあら》い真似《まね》をした相手を、十兵衛は俄《にわか》に信じることはできぬ。洗うのならば、しきたりどおり、手付け金とともに娘の着物を持参すればよい話だ。

「それとも、何か深い訳でもあるのかい」

「命を狙われているのです」

「誰にだい」

「それは……今は言えませぬ」

じろりと青木を見やった十兵衛は、半ば呆れた声で、

「あれだけの気迫《きはく》で人に斬りかかってきて、殺されかけてると言われてもな。一歩、間違えれば、こっちは怪我《けが》では済まなかったんだ……その腕があれば、娘のひとりや

ふたり、守ってやれるのではないのか」

「できることなら、そうしたい。だが、敵は思いの外《ほか》、執拗《しつよう》で……拙者も役儀《やくぎ》があるゆえ、一時《いっとき》も娘と離れずにいることなどできませぬ。中間や小者はおりますが、一緒に殺されるのがオチでござる」

「それほど恐ろしい相手なのか」

「ええ……」

「どうも、はっきりせぬな。娘の亭主が乱暴を働くとか、しつこく嫁になれと狙ってくるとか、そういう輩に付きまとわれているから、逃がしてくれと頼む者は時々いるが……」

「まあ、その類です」

「ならば、もっと明瞭《めいりょう》に言って貰いたい。曖昧《あいまい》なまま〝洗う〟ことは我らの仲間内では御法度《ごはっと》なのでな。それに、あんたが本当のことを話したとしても、裏付けをこっちで行い、仲間と話し合いをした上で、実行するかどうかを決めるのだ。お互い信用がないまま、〝洗う〟なんてことは決してできぬゆえな」

　十兵衛が断る姿勢を見せたので、青木はわずかに狼狽《ろうばい》したように、

「お待ち下され……小夜《さよ》の……娘の命がかかっているのでござる」

「だからこそ、真実を話して貰いたい」

青木はしばらく唇を一文字にしていたが、

「――承知しました……」

と頷くと、しっかりと十兵衛を見つめて、訥々《とつとつ》と話した。

「先日、千鳥ヶ淵で、旗本の子息である飯尾一之進という若者が殺されました。額を一刀のもとに割られたとかで、町方と番方で調べております。その場にいたのは……私の娘を含めて、四人と思われます」

「四人……おたくの娘も……」

「娘は、三人の男たち……いずれも〝赤鞘組〟と呼ばれる評判の悪い連中で、奴らが私の娘を……りょ、陵辱したのです……」

最後の方は苦しそうに喉《のど》に痞《つか》えた。

「奴らは、殺された飯尾一之進の他に、近藤辰馬、日野祐平……といういずれも父親は奉行職を担《にな》っている身分の高い旗本の子息です。殺された飯尾一之進だけが小身のようでしたが、とにかく娘を酷《ひど》い目に遭《あ》わせた輩のひとりが殺されたのです」

「旗本が殺されたという事件については聞いていたが、そんなことがあったとは……で、飯尾とやらを殺したのは？」

「そのことなのです……」

青木は苦しそうな声で続けた。

「私の娘の話では、三人によって陵辱されていた途中、はっきりとは顔は見えなかったが、髭面の編笠の侍が来て、いきなり飯尾一之進を斬り……飯尾を狙って斬ったのか、目の前にいたから斬ったのかは分かりませぬが、とにかく娘はその編笠の侍に助けられたのです……」

「助けられた……」

「あ、いえ、乱れた着物の裾を直してくれただけで、立ち去ったというのですが、その前に、近藤辰馬と日野祐平のふたりは、恐れをなして逃げたのです」

「もしや、そのふたりが、口封じに娘さんの命を狙っているとでも？」

「そのとおりです。町方や番方では、近藤と日野、そして飯尾の間で何か仲間割れになるような揉め事があり、そのために斬り合いになったのでは……と踏んでいます」

「…………」

「しかし、事実は違う。誰かが娘を助けるために、飯尾を斬ったのです」

「ならば、近藤と日野という若造ふたりは、正直にそう言えばよいではないか」

「そんなことをすれば、娘を陵辱したことが表沙汰《おもてざた》になるかもしれませぬ。人殺し扱いをされるよりはマシだと月丸様は思うかもしれませぬが、近藤と日野にとっては……いや、父親の立場も危うくなるでしょう」

「うむ……」

「ましてや、私の娘が公《おおやけ》の場で、陵辱されたことなどを話せば、娘は一生……人目《ひとめ》を忍んで生きていかねばなりませぬ。ええ、たとえ自分が悪くなくても、害を受けた方であっても、さようなことは世間には言えませぬ」

十兵衛は故郷の津軽《つがる》に娘がいる。もう十余年会っていないが、目の前で必死に我が子のことを思う青木の気持ちは痛いほど分かる。そして、十兵衛はこう訊いた。

「近藤と日野が口封じをするのは、万が一、小夜さんが話したら困ると思っている。そして、そのときにあったことが公になるのを恐れているということだな」

「はい。飯尾一之進殺しについては、町方は手を引き、番方だけで探索を続けています。ということは、おそらく揉み消しにかかっているのでしょう。そして……飯尾一之進を斬った奴を探し出して、それも闇の中で始末する……つもりではありますまいか」

「なるほどな。だから、娘さんにこの際、違う人生を与えたいと……」

「おっしゃるとおりです」

青木は縋《すが》るような目になって、十兵衛に訴えた。

「どうか、拙者と娘を助けて下され」

「おぬしまで、〝洗え〟と？」

「いいえ。私はこれまでどおり、お勤めを続けながら……」

と言いかけて、青木は口をつぐんだ。

十兵衛はギロリと睨み返して、

「もしかして、おぬし……仇討《あだう》ちでもするつもりじゃあるまいな」

「まさか。決して、そのようなことは……畏《おそ》れ多くてできませぬ。だからこそ、娘を救いたいのでござる」

畏《かしこ》まって言ったが、青木の大人しそうな目の奥では、別のことを考えていると十兵衛は感じていた。

四

浅草御蔵前《あさくさおくらまえ》の鳥越橋《とりごえばし》の袂《たもと》にある自身番《じしんばん》に訪れた商家の女将《おかみ》風の中年女は、頭がおかしいのか大声で、伊蔵にしがみついた。

「何度、話したら分かるんですか。私の娘……お静《しず》が行方《ゆくえ》知れずになって、もう十日も経つんですよッ。しっかり探して下さいな、伊蔵親分！」

「だから、探索中だって言ってるだろうが。こちとら、色々と忙しいんだよ」

「なんですよう。お旗本が殺されたら一生懸命、お調べなさるくせに、町娘がひとりいなくなったら、神隠《かみかく》しでお終《しま》いですか」

「そんなこと誰も言っちゃいねえだろう。物事には順番が……」

「もう十日も前ですよ！」

「鼓膜《こまく》が破けるじゃねえか、こら……」

「小耳に挟《はさ》んだんですがね。その旗本が殺されたっていう所に、簪が落ちてたんでしょ。もしかして、うちの娘のじゃ」

「ああ、それなら、もう分かった。ありゃ五両は下らない代物でな、しかも、彫《ほ》り研《けん》とかいう凄腕《すごうで》の職人が作ったものだ。おまえさんの娘、そんなものを挿《さ》してる玉かい？」

「……違うかもしれないけどさ、うちの子がいなくなったのは事実だ。ちゃんと探して下さいな、ねえ」

袖を引き千切らんばかりに騒いでいるとき、久保田が入ってきた。

「でっけえ声だな。表まで丸聞こえだぜ」

八丁堀同心の姿を見て、さすがに中年女は恐縮したのか、声を小さくして、

「久保田の旦那……しつこいようですけど、あたしゃ心配なんですよ」

「あんた、大伝馬町《おおでんまちょう》の太物問屋《ふとものどんや》『三島屋《みしまや》』の女将《おかみ》、おまきさんだったな」

「はい。問屋といっても小売りに毛が生《は》えたようなものですけれど」

「心配なのはよく分かるが、ひょっこりと帰ってくるかもしれねえ。気を落とさず待ってな……もっとも、仏《ほとけ》になって帰って来ても仕方がないから、こっちはこっちで、きちんと調べてやるからよ」

「……はい」

釈然《しゃくぜん》としない様子で、おまきは両肩を落として自身番から出て行った。伊蔵は溜息混じりに見送ると、

「あの女将、心配し過ぎて、少々、おかしくなってるんじゃねえか」

「少々どころじゃありやせんや」

「ま、実の娘が突然、いなくなりゃ心配するのは当たり前……しかも、祝言間際《しゅうげんまぎわ》だってからな。可哀想《かわいそう》っちゃあ、可哀想だが……」

久保田は上《あ》がり框《かまち》に座ると、煙草盆を引き寄せて、

「その簪の持ち主だがな、伊蔵……」

「旗本の青木喜三郎の娘、小夜の行方が分からなくなってるんだ」

「えっ。どういうことです」

　煙管を咥えて、ふうっと深く煙を吸い込んで肺に溜《た》めるようにしてから、久保田は唸り声を洩《も》らしながら、ゆっくりと吐《は》いた。

「それが、どうも妙なんだ……事件があってから後、近所の者の話では、たしかに青木の拝領屋敷に、小夜はいた様子なんだが……ふいに姿を消した」

「姿を消した……」

「青木殿に直《じか》に尋《たず》ねたんだが、親戚の所へ預けた、花嫁修業でね……なんて言ってたが、そんな浮いた話はなかった。ただ……」

「ただ？」

「殺された飯尾一之進とは、もしかしたら一緒になるかも、なんて話はあったらしい」

「え……てことは、やはり、この前の一件と関《かか》わりがあるってことですね」

「そう疑ってよかろう。だが、肝心の飯尾一之進が死んでしまい、近藤辰馬と日野祐平は、知らぬ存ぜぬだ。その場にいたという証拠の品を見せつけられても、何処かでなくしたとか盗まれたとか言うだけで、目付の岡本様も、手をこまねいているとか」

「タチの悪い奴らですね」

「前からそうだがな……近藤と日野がてめえの身を庇《かば》うために、何かを隠しているってことは間違いなさそうだ」

「隠してる……」

　伊蔵はパンと手を叩いて、

「じゃ旦那は、小夜っていう青木様の娘が雲隠れしたことも、関わりがあると睨んでいるんですね」

「もし、その場に、小夜がいたとしてだ。事の一部始終を見ていたとしたら、近藤と日野に何か不都合があるから、姿を消せと、青木が上から命じられたのかもしれない……何しろ長崎奉行と山田奉行だ。大身の旗本に目をつけられては、青木もお勤めがしにくかろう」

「……てことは、その娘を探し出せば、少なくとも、その場のことはハッキリするってことですね」

「おまえも頭が冴《さ》えてるな」

「バカにしてるんですか、旦那。俺だってたまにはね……そんなことより、何処にその小夜がいるかですね」

久保田はまた煙草をゆっくりと楽しんでから、

「何処にいるか、だ……」

と目を細めた。


その夜——。

柳橋《やなぎばし》のとある船着場で、青木がひとりで人待ち顔で佇《たたず》んでいた。折からの風で、係留《けいりゅう》している屋形船《やかたぶね》がギシギシ揺《ゆ》れて、舳先《へさき》が船止めにぶつかっていた。

蒼い月を雲が覆い尽くして、今にも俄雨《にわかあめ》が落ちてきそうだった。

「娘は連れて来たか……」

ふいに背後から声がかかった。いつの間に来ていたのか、柳の木の下から、羽織袴の武家がひとり出てきた。

「誰だ……」

「近藤辰馬様の用人、稲葉《いなば》だ」

「ふん。あんなクソガキに用人なんぞがいるのか」

「言葉を慎《つつし》め、青木」

「こっちも旗本であることに変わりはない。たかが家来に呼び捨てにされる謂《い》われはない。おまえこそ無礼であろう」

「………」

「放蕩《ほうとう》息子たちは、どうした。拙者は、近藤辰馬と日野祐平に、ふたりだけで参れと使いを出したはずだがな」

「おまえが娘を連れてくるのが条件だ」

相手は鋭い目で睨みつけ、刀の鯉口《こいぐち》を切った。

「ほう。拙者を斬るつもりか……その程度の腕前で」

「なんだと？」

「拙者、畳奉行に奉公する前は、槍《やり》奉行支配にあり、梶派一刀流《かじはいっとうりゅう》の免許皆伝《めんきょかいでん》だ。なまくら剣法では怪我をするぞ」

「さあ、どうだかな」

「近藤辰馬と日野祐平を呼べッ」

「呼んでどうする。得意のその腕で斬るか」

「――やはりな……」

青木は苦々《にがにが》しく口元を歪《ゆが》めると、ペッと唾《つば》を吐き出し、

「娘の言ったとおり、ふたりとも反吐《へど》が出るくらい卑怯者《ひきょうもの》だということだな」

「辰馬様は、おまえの娘に色目《いろめ》を使われたと言っているぞ」

「なんだと？」

「小夜は、飯尾一之進様に入れ上げて、祝言を挙《あ》げて欲しいとせがんでいたそうだ。だが、一之進様からすれば、ただの遊び……だから、辰馬様と日野祐平様にお裾《すそ》分《わ》けをしてやっただけだ」

「お裾分け……」

「さよう。おぬしの娘御はなかなかの好き者で、あそこの具合《ぐあい》もなかなか良いらしい。だから、親友同士で分け合っただけだ」

「！――おのれッ」

カッとなった青木は鋭く抜刀して、目の前の近藤辰馬の用人に斬りかかったが、ほんのわずかに避けられた。だが、一寸、間違えば眉間を斬られていた相手は、驚きの悲鳴を上げながらも、

「先に手を出したのは、そっちだからな。おい！」

と声をかけると、八人ばかりの侍が路地から現れて、素早く抜刀して、青木を取り囲んだ。その人数に一瞬、驚いた青木だが、誰かが潜《ひそ》んでいた気配《けはい》は察知《さっち》していた。

「なるほどな……いずれも卑怯者揃いか」

「青木。悪いことは言わぬ。娘を差し出せば、御家《おいえ》だけは守ってやる。それに、言っておくが、飯尾一之進様を殺したのは、辰馬様でも日野祐平様でもない」

「ならば、公の場でそう言うがよい。残念ながら、娘はもうこの世にはおらぬ」

「なに……？」

「何処をどう探そうと、おまえたちには見つけることができぬ。つまりは、近藤辰馬と日野祐平の悪事をバラす者もいないということだ。しかし……！」

「…………」

「拙者は、そのふたりが許せぬ。娘の操《みさお》を汚《けが》した仇討ちと思って貰って結構《けっこう》。この手で成敗《せいばい》してやるから、さあ呼んで参れ」

「とち狂ったか、青木！」

辰馬の用人が今ひとたび、声を荒らげて斬りかかると、同時に他の者たちも躍《おど》りかかった。青木は身を低めながら、まず用人を斬り倒した。その見事な太刀捌《さば》きに、他の者たちはわずかに怯《ひる》んだが、逃げる者はいなかった。

「カッ――」

逆袈裟懸《ぎゃくけさが》けに斬られた用人は、目の玉が飛び出すような悲鳴を上げて、仰向けに倒れた。毅然《きぜん》と振り返った青木に、背後から近づいていた侍が突きかかったが、それも捌いて横薙《よこな》ぎに払った。

だが、脇腹に食い込んだ刀を、その侍は意地になったように脇で挟《はさ》んだ。青木は引き抜こうとしたが、刀が取れない。

手を放して脇差を抜き払って応戦しようとしたとき、背後と横手から、グサグサッ――と突き込まれた。さらに他の者も斬りかかってきた。まるで丸腰の者に、無慈悲《むじひ》に浴びせるような太刀捌きだった。

無言のまま前のめりに倒れた青木の背中に、ひとりが止《とど》めを刺した。

風が強くなって、横殴りの雨が落ちてきた。

誰かが見ていたのか、闇の中で悲鳴が起こったが、侍たちは斬られた仲間を抱きかかえて屋形船に乗せると、隠れていた船頭が立ち上がって急いで漕《こ》ぎ出した。

パラパラと激しい雨音が、船の屋根の上で鳴り響いた。

五

翌朝は、雨上がりで木々の緑が鮮やかに燦めいていた。

「こんにちは……」

竹箒で溝《どぶ》に詰まっている葉を掻き集めて取っていた杉野又右衛門に、女の声がかかった。振り返ると、見知らぬ中年女が立っていた。風呂敷包みを手にしていて、切羽《せっぱ》詰《つ》まったような表情であった。

「ええと……どなたさんでしたかな……」

「何処のご隠居様か存じ上げませんが、朝早くから立派な行いでございますね」

中年女は、おまきであった。

「毎日、やっていることですよ」

杉野が微笑みかけると、おまきは真剣なまなざしで、

「私は『三島屋』という太物問屋の後妻でございます」

「はあ……」

いきなり名乗られても困るという顔で、杉野は箒を動かしていた。

「実は娘が行方知れずになっておりまして……色々な所を探していたのですが、この辺りで見かけたというのを聞いて、とにかく駆けつけて来たんです」

「娘さんが……」

「ええ。もう十日も……お静というんです。背は私よりも少し低いくらいで、ぽっち

やりと丸顔で、唇のこの辺りに小さな艶《つや》ぼくろがあります」

「はて、そのような娘さんは見かけたことがありませんな」

「でも、この辺りで何者かに酷い目に遭った娘さんがいて、そのまま姿を消した……そんな話を聞いたものだで」

「残念ながら……私は朝、この辺りを散歩代わりにうろうろしているだけですのでな。詳しいことなら、ほれ、そこの自身番や辻番、向こうの橋番や木戸番にでも尋《たず》ねてみれば如何《いかが》かな」

「……そうですね」

「ええ、そうした方が、すぐに分かるでしょう」

集めた溝の葉を手で掬《すく》い上げようとして、杉野は腰を屈《かが》めると、よろっとなって地面に座り込んでしまった。すぐさま手を差し伸べたおまきは、

「大丈夫ですか……何処か具合でも……」

「いえいえ。本当に、年は取りたくないもんですなあ。近頃は足がもたつきましてな」

「おうちの方は……」

「すぐ、そこですので、はい……」

指した先は立派な長屋門の武家屋敷だから、おまきは驚いて、

「あ、これは失礼致しました。お武家様とは思っていましたが……申し訳ありません」

恐縮していると、ぶらりと久保田と伊蔵がやってきた。そして、おまきを見るなり、

「あんた、こんな所まで来て、迷惑をかけてるのかい」

「迷惑？　娘がいなくなったンですよ！」

俄《にわか》に興奮気味になったおまきの肩を、伊蔵は軽く叩いて制した。

「旦那たちが、ちゃんと探してくれないから、自分でやるしかないんですよッ」

ぶるぶると全身を震わせて、異様《いよう》なほど目を吊り上げている。そんなおまきの姿を見て、杉野は、

「よろしかったら、うちで休んでいったら如何です」

「いいんですよ、こんな人に気を遣《つか》わなくたって。それより、杉野様の体のお具合の方が心配です、ささ」

と久保田が手を貸そうとすると、年寄り扱いをするなどばかりに振り払って、杉野はおまきに手を差し伸べた。

「このご婦人は、心を病《や》んでいるようだ。娘さんがいなくなったことと関《かか》わりがあろ

うから、私でよければ何かお役に立ちたい」

「え……そんな、畏れ多い……」

　おまきはためらいがちに身を引いたが、杉野は優しく微笑みかけて、

「子を失った気持ち、よく分かります」

「え？　あなた様にも、そのような……？」

「──ええ、まあ……」

　あまり多くは語りたがらない様子だったが、杉野の武士と町人の身分の差を超えたような心遣いに、おまきは思わず頭を下げた。そして、誘われるままに屋敷の中に入った。

「杉野様、拙者もお話が……」

　久保田が追いかけると、伊蔵も金魚の糞のようについて行った。

　広大な屋敷内の庭を見て、久保田はハアッと深い溜息をついた。同じ武士でありながら、三十俵二人扶持の町方同心と、隠居をしても拝領屋敷で過ごすことのできる勘定奉行まで勤めた、大身の旗本の違いである。

「いいですなあ……羨《うらや》ましい……拙者なんぞ、一生あくせく働いても、その庭石で囲った一角ですら手に入らない。あのような能楽堂があるなんざ、まるで上様のようだ

……もっとも、町入り能ですら、拙者は観ることができませんからな。金持ちの町人しか……」

吐息《といき》混じりで言う久保田の言葉には、杉野は何も返さずに、暗い顔をしているおまきを茶室を兼ねている離れの濡《ぬ》れ縁《えん》に腰掛けさせた。そして、小者に声をかけて、水を持ってこさせて飲ませた。

「うちの屋敷の中には、神田上水《かんだじょうすい》から引いたのが流れ込んでいるのだ。美味いぞ」

「あ、ありがとうございます……」

恐縮しすぎて震《ふる》えるおまきの手に、そっと茶碗を握らせて、杉野はしばらくじっと包むように持っていた。さりげない優しさを目の当たりにした久保田は、自分が屋敷の凄さばかりに驚いているのを恥じ入るように、

「すみません……杉野様……こいつまで来てしまいまして」

と伊蔵のことを指した。町人がおいそれと武家屋敷に入ることはできない。町奉行所も岡っ引が入るのは御法度である。

「ああ、よいよい。おまえたちには茶を出すから、しばらく待て」

「茶ですか。どうせなら、般若湯《はんにゃとう》ってふわっと気持ちよくなる方がいいですねえ」

伊蔵が飲む仕草をすると、久保田はバシッと頭を叩いて、帰れと囁いた。

「なんですよ、旦那……いつもは町人たちに偉そうに振る舞ってるくせに。こんなに背中から仰向きに倒れるくれえ、ふんぞり返ってよ。なのに、身分の高い人にはヘエコラして、みっともないですぜ」

「お旗本だ。御家人の俺とは違うんだから、頭を下げるのは当たり前のことだ。おまえたちは町人だから分からないンだ、バカ」

「じゃ、言わせて貰いますがねえ。武士町人関わりなく、人ひとりが死んだんだ。もしかしたら、女を陵辱した輩の仲間かもしれねえ。なのに、相手がお旗本だからって、話も聞かずに引き下がるんですかい！」

いつになく伊蔵が嚙みつくので、久保田の顔が急に真っ赤になった。

「も、申し訳ありません、杉野様……」

深く腰を折って謝ってから、「やっぱり、てめえは帰れ」と久保田は伊蔵を引っ張って屋敷から追い出そうとした。すると、杉野は穏《おだ》やかな顔のままで止めて、

「乱暴をするでない、久保田殿だったかな」

「あ、はい。名を覚えていただいて、恐縮です……」

「その伊蔵の言うとおりだ」

「はあ？」

言い訳をしようと身を乗り出した久保田に、杉野は機先を制するように言った。

「飯尾一之進殿のことならば、私も耳にしておる。父親とは面識《めんしき》もあるしな……驚いておる。はっきり聞いたわけではないが、他にもふたり、その場に旗本の子息がいたとか」

「え、まあ……」

杉野ほどの身分ならば、寄合《よりあい》旗本でもあるし、事件の背景を知っていてもおかしくはないと、久保田は思った。

「目の前で起こった事件でありながら、私は何も知らなかったが、もし手伝えることがあるなら、力は惜《お》しまぬ」

「有り難いお言葉です」

「伊蔵の申すとおり、命に貴賤《きせん》はない」

「拙者もこの十手にかけて、下手人を探しとうございます。されど……」

久保田が持つ十手が緊張で震《ふる》えて、

「されど、これは旗本には及びませぬ。もしかしたら、杉野様はあの夜……」

と言いにくそうに続けた。

「飯尾一之進殿が殺された夜ですが、杉野様は何かを見たのではございませぬか？」

「む？　どういうことだ」

「辻番の番人が、杉野様が屋敷から出て何処かから帰って来たのを見かけたというのです。一体、何処に……」

「はて……私は日が暮れる前に夕餉《ゆうげ》を済ませ、宵の五つになる頃には、もう寝ておる。年寄りは早寝早起きが当たり前でな。夜明け前に目が覚《さ》めるわい」

「そうですか……では、夜中に潜《くぐ》り戸から出入りしそうな御家中《ごかちゅう》の方はおられますか」

「知ってのとおり、武家屋敷にある番屋が辻番で、辺りの武家屋敷から交代で番人を出しておる。杉野家からも中間を出しておるし、場合によっては、家来も……なんなら、その夜のことを、家中の者に訊いてみるか」

「いえ、それには及びませせぬ」

久保田は丁寧《ていねい》に頭を下げて引き下がりつつも、

「ただ、飯尾一之進殿が斬られた所に……もう耳に入っているかもしれませぬが、同じく旗本で畳奉行配下の青木喜三郎という人の娘さんもいた節があるのです」

一瞬、何が言いたいのだという顔になった杉野だが、

「青木……それは、よく知らぬが……」

と首を傾げた。

「その娘さんは行方知れずで……青木様は、昨晩、何者かに惨殺されました」

「なんと――！」

「実に奇妙なことだとは思いませぬか」

「………」

「拙者、長年、定町廻りをやっておりますが、これほど不可解な事件に遭ったことはありませぬ。ご隠居の身の杉野様に言うことではないかもしれませぬが……勘定奉行までやられたお旗本ですから、何か知り得るかもしれませぬ。千鳥ヶ淵で見た亡骸《なきがら》は、飯尾一之進殿だったのですから、何とかお力添え下さいませぬか」

冷や汗をかきながら一気に言った久保田を、杉野はしばらく見据えていた。相手の心の奥を見極《みきわ》めようとするような、強い眼力《がんりき》であった。

「それは一向に構わぬが……近頃は、娘を狙った阿漕《あこぎ》な連中が多いと聞いている。この奥方の娘さんも、そうでなきゃいいが……」

杉野の同情めいた言葉に、おまきは深々と頭を下げた。

六

「で……娘さんは、いつ頃から、いなくなったんだね」

優しいまなざしで杉野が訊くと、おまきはやはり恐縮したように、

「もう十日余り前です」

と答えた。久保田は何度も聞いていたが、身を乗り出して、

「実は、その娘さんの……お静さんですがね。許婚《いいなずけ》の義助《ぎすけ》と一緒に出かけたまま、いなくなっているんです」

と杉野に向かって言った。

「義助というのは？」

「飾り職人でしてね、『三島屋』の旦那は、ふたりの仲を認めておりませんでした。後妻の連れ子とはいえ、お静にはしかるべき婿《むこ》を貰って、跡を継がすつもりでしたからね……いわば、駆け落ちです」

「ふむ。だから、行方知れずとはいっても、神隠しの類や誰かにかどわかされたのではなくて、どこかできちんと生きてると？」

「だと思いますがね。なのに、このおまきさんは、何処かで殺されているかもしれない。そんな夢を見た。探してくれの一点張りで、こっちも少々、困っているんです」

「訳はなんであれ、親として心配なのは当たり前であろう」

杉野がまた情け深い目になると、久保田は俄《にわか》に探るような目になって、

「あの……杉野様……失礼とは存じますが……」

「なんだ」

「ご子息の英之輔《えいのすけ》様は御家を継がず、従兄弟《いとこ》の方が杉野家に入りましたね。そして、英之輔様は、杉野様が隠居なさる少し前に、ふいにいなくなったとか……」

「いや……そういうわけではない……」

「と申しますと……」

「当家のことを調べに参ったのか?」

俄に不機嫌になった杉野の顔色を窺《うかが》うように、久保田は首を振って、

「と、とんでもありません。ただ、どうなさったのかと思いまして、はい……近頃は、〝洗い屋〟なるものが跳梁跋扈《ちょうりょうばっこ》していて、その手合いに、どうにかされたのかと
……余計な心配ですが」

「――〝洗い屋〟……?」

「はい。聞いたことはございませぬか」

「ないな」

「そうですか……別にどうってことじゃないんですが、お静ももしかしたら、義助とともに〝洗い屋〟の手を借りて、何処か遠くに行ったのではないかと思いましてね」

「どこか遠くに、な」

「ええ。不義密通《ふぎみっつう》ではありませんが、それと似たようなことでしょうから、別の人生を歩いた方が無難かと……」

「どうも言っていることが、私にはよく分からぬが、此度《こたび》の事件と関わりがあるのか」

「拙者は……何処かで繋がっているような気がしてならないのです」

「何故だ」

「これまでも、私が追っていた者が〝洗い屋〟なる者たちによって、その行方を消されたことがありますので」

「では、下手人を逃がしたとでも？」

「そういう意味ではないのです。繰り返しますが、新たな人生を過ごさせるために、密《ひそ》かに動いている連中がいるということです」

「ふむ……」

杉野は興味深げな表情にはなったが、それ以上、訊こうとはしなかった。だが、久保田はちょっとした異変を感じたのか、同心として火が付いたのか、探るような目になって、

「失礼ですが、殺された飯尾一之進殿たちが他のふたりとつるんでいたところとか、見てませんかね。青木様の娘も一緒に」

「残念だが……」

見ていないと杉野は首を振った。

「さっきも言ったが寝るのが早いからね」

「しかし、私が調べたところでは、飯尾一之進と近藤辰馬、日野祐平の三人は、御旗本の間でもかなりの悪ガキだという噂ですが……他にも何人か子分みたいに連れ歩くこともあるようですが、この三人はあまりにも阿漕《あこぎ》なので、仲間から逃げ出す者もいるとか」

「……おぬしは同心のくせに、奥歯にものが挟まったような言い草ばかりだな」

「あ、いえ……」

「たしかに私の倅もかつては、〝赤鞘組〟に入って、乱暴狼藉《らんぼうろうぜき》をしていたことがある。

己《おの》が気分のままに、何の落ち度もない者をいたぶるような真似《まね》をしておった」

自ら話し出した杉野の痛ましい表情を、久保田はじっと見据えていた。悠々自適《ゆうゆうじてき》に暮らしている隠居老人というよりは、無頼《ぶらい》な息子を持つ親の苦悩の顔だった。

「だが、私は、息子に言い聞かせて、バカな仲間から無理に離して、まっとうな道を歩ませた。元々、大人しくて、自分の意見も控《ひか》えめにしか言わぬ奴でな……悪い奴らに強引に引きずり込まれていただけなのだ」

「そうでしたか……」

久保田には言い訳にしか聞こえなかった。

「ですが、〝赤鞘組〟が未《いま》だにあって、何ひとつ直っていない。つまり私が言いたいのは……杉野様のようにですね、他の御旗本の方々も一致団結《いっちだんけつ》して、子供たちにきちんと説教して、悪いことを止《や》めさせるべきではありませぬか」

「………」

「子が親の言うことを聞かぬのは、武士も町人もないでしょうが、お侍には守らねばならぬ矜持《きょうじ》というものがあるはず。父としてというより、武門の頭領《とうりょう》として、子を躾《しつ》けねばならないでしょうし、もし酷いことをすれば、しかるべき手を打って、処分しなければなりますまい」

クソ真面目に言う久保田を、傍《かたわ》らで伊蔵がハラハラしながら見ていた。杉野がいつ激怒《げきど》するのか、不安になっていたのだ。しかし、伊蔵の思いに反して、

「さよう……久保田殿の言うとおりだ」

と言った。

「むろん、〝赤鞘組〟を頭ごなしに始末することはできようが、最悪の事態は、御家お取り潰しになる。父親の立場にある者は、それを一番、恐れておる。息子たちもそれを承知していて、わざと親に反抗している節もあるのだ」

「御家が困れば、自分の我《わ》が儘《まま》も通らなくなるのを分かっていてですか」

「やけっぱちな人間ほど、恐い者知らずはない……ま、うちの息子がそうだったかもしれないが……」

しょんぼりと杉野が言ったとき、離れの方で、

――コトン。

と鹿威《ししおど》しでも落ちたような音がした。あまりにも静かだったので、まるで鼓《つづみ》のように鮮《あざ》やかに響《ひび》いた。

久保田と伊蔵、そして、おまきも振り返ると、障子窓の奥で、ゆらりと人影が動いたように見えた。誰かが立ち上がって、さらに奥に行くようにも見えた。

「今のは……？」

「……」

「誰かが、こちらを覗《のぞ》いていたような……」

「隠居したとはいえ、何人もの奉公人が屋敷内におるゆえな、掃除か片付けでもしていたのであろう」

そのとき、小鼓の音が聞こえてきた。小気味よく打たれている。

やはり、離れからである。不思議そうに見やりながら、久保田が訊いた。

「綺麗《きれい》な音ですが……あれは？」

「息子です」

「え……行方が分からないのでは……？」

「私も無類の能好きでしてな。息子の英之輔もまた……元々、侍には向いてなかったのかもしれぬ。それこそ、観世家《かんぜけ》にでも生まれておれば、それなりに生《い》き甲斐《がい》を見つけたかもしれぬがな」

「生き甲斐……ですか」

小鼓の音は次第に激しくなり、乱れ打ちになってきた。まるで心の苛立《いらだ》ちを紛《まぎ》らすような強い打ち方に、聞いている方の気持ちも掻き乱されるような感じだった。

「少々、人間嫌いになったようでしてな……行方知れずにしておれば、誰とも会わずに済む……そう思いましてな」

「そうでしたか……」

と言いながらも、久保田の離れを見ていた目がキラリと光った。

屋敷を出てからも、腕組みをしたまま久保田の顔は冴えなかった。いつもなら適当に探索を切り上げるところだが、ずっと真剣なまなざしなので、伊蔵の方が不安になって、

「旦那……本当にどうかしちゃったんでやすか？　真面目《まじめ》な顔をされてると、こっちまで体中が痒《かゆ》くなってきやすよ」

「妙だな……どうも気になるんだ……杉野様の態度が」

「幾ら大身の旗本でも、思うようにならぬ息子に心を痛めてるだけでしょ」

「それだけじゃない何か……」

「何かって？」

「分かりゃ苦労はない。離れで打っていた息子の小鼓……あれも、どうも気になる」

「能の鼓や仕舞なんて、旦那にゃ縁がないでしょうに」

伊蔵が茶化したとき、おまきも言った。

「私も、変だと思いました」

「──おまえ、まだ尾《つ》いて来てたのか」

「鼓の音……あれはかなりの玄人《くろうと》の手によるものだと思います」

「分かるのか、鼓の音《ね》が」

「叔父が歌舞伎の囃子方《はやしかた》にいるのです。幾《いく》ら稽古《けいこ》をしても、素人《しろうと》で、しかもまだ若い人が、あのようなポンポンと飛ぶような乱れ打ちはできません」

「…………」

「それに、私に対しても優しすぎました。初めて会って、しかも通りすがりの町人に過ぎないのに……」

「うむ。俺もどこか、もやもやしたものが、この辺りにな、残って仕方がないのだ」

久保田が心の臓に手をあてがうと、おまきがその前に立って、

「私もなんだか胸騒ぎがするのです……娘のこととも関わりがあるのかと……」

と切ないまでに悲しい顔になった。

七

谷中富士見坂にある『宝湯』は、朝早くから夜は火を落とさねばならぬ刻限まで営《いとな》んでいるから、炭薪《すみまき》がえらくかかる。だが、丁度《ちょうど》、昼餉《ひるげ》あたりを除いて、常に人々が訪れて汗を流しているから、半次は大忙しであった。

裏稼業《うらかぎょう》の方にはなかなか手が廻らないとはいえ、先般《せんぱん》の青木の娘・小夜に関しては、容易に〝洗う〟ことができた。

しかし、どら息子の父親ふたり、近藤豊後守と日野日向守が躍起《やっき》になって、青木の娘の行方を探しているとの報せを聞いて、『宝湯』の二階で、十兵衛たちは頻繁《ひんぱん》に会っていたのだ。

この日も――。

いつもなら酒杯《しゅはい》を重《かさ》ねて、与太話《よたばなし》をしながら寄合《よりあい》をしているはずだが、自分たちの素性《すじょう》も暴かれそうな危機感を抱《いだ》いているせいか、みな痛々しいくらい真顔であった。

大概《たいがい》のことには動じない髪結いの亭主の菊五郎ですら、

「そろそろ、この稼業から足を洗った方がいいんじゃねえか」

と言い出すしまつだった。

「菊さん、それは悪い洒落だぜ」

十兵衛は窘《たしな》めるように言ったが、菊五郎は至って真面目である。

「実はな、俺の女房の所にも、妙な連中が現れてるんだ」

「妙な連中……」

「髪結い床だから誰が来たって不思議じゃねえが、近頃は顔馴染《かおなじ》みでない者が増えたってんだ。男も女も……剃刀《かみそり》を使う商売だからよ、客の方だって知らない髪結いじゃ嫌じゃねえか。なのに次々と来ては、なんとはなしに、俺のことを尋ねていくらしい」

「たしかに、おかしいな」

「女房は、ぐうたらでダメな亭主で、毎日、どこかで博打《ばくち》して飲んだくれてる。そんなふうに言ったらしいが」

「そのまんまじゃないか」

「冗談じゃなくてだな、十兵衛の旦那……この『宝湯』にも見かけぬ奴らが増えたし、旦那の店にも色々な客が来てるでしょうが」

「客が増えるぶんにはいいがな。さつき、おまえはどうだ」

「私は好きなときに好きな所でやってるからねえ……でも、時々、侍に見られているような気もする」

「侍……」

「ちゃんとした紋付き袴だから、何処かの家中なんだろうけど、浅草や両国橋なんぞをうろつく用事なんかないと思うけど」

「やはり、近藤豊後守と日野日向守に睨まれている……と考えた方がよさそうだな。いずれ、奴らの手の者が、青木の娘を何処にやったと責めてくるやもしれぬ」

十兵衛が軽い溜息をついたとき、

「ごめんなすって」

という声があって、階下から中間らしき若い男が上ってきた。風呂上がりの様子だが、明らかに十兵衛たちに用件があるような物腰であった。

「今、ここは困るぜ」

半次が追い返そうとすると、

「あっしは、有馬《ありま》様の使いで参っただけでございます。へえ、圭助《けいすけ》という者でございます。月丸様にこれを……」

と文《ふみ》を差し出すと、十兵衛が自ら《みずか》近づいて受け取った。

有馬とは不逞《ふてい》の輩に襲われて、すでにこの世にいないことになっている、元若年寄《わかどしより》の有馬伊勢守忠輔《いせのかみただすけ》のことである。

「今宵《こよい》、お待ちしておりますので、ぜひおいで下さいまし」

「俺、ひとりでか」

文には待ち合わせ場所や刻限を記されているようであった。

「いいえ、皆様も一緒にと……大切なお話があるとかで、よろしくお願い致します」

「――分かった。必ず行くと伝えてくれ」

十兵衛が答えると、圭助と名乗った中間風はすぐさま立ち去った。その軽やかな身のこなしを見て、菊五郎が呟《つぶや》いた。

「旦那……奴はきっと忍びか何かですぜ。信じていいんですかい？」

「そのために文を届けたんだろうよ。有馬さんの花押《かおう》がある……といっても、俺とふたりだけの間で交《か》わすものだ」

と言いながら、蠟燭《ろうそく》に紙をあてがうと、炙《あぶ》り出しになっていて、場所を記した絵図面が浮かび上がった。それを、みんなで見終えるとそのまま炎で燃やして、煙草盆の中に放り込んだ。

有馬が指定した場所は、向島《むこうじま》の隅田《すみだ》村にある木母寺《もくぼじ》の近くにある屋敷だった。

――根津《ねづ》のご隠居。

であるはずの有馬だが、また別の所にも秘密の場所を持っているということか。この辺りは、梅若《うめわか》伝説のある地である。

謡曲《ようきょく》『隅田川』にもなったものだ。人さらいに連れ去られた息子を、都からこの東国まで探しに来るも、子供は旅の途中に死んでいた。母親は息子に一目会いたい、声を聞きたいと思うが、亡霊は見るものの切実《せつじつ》な願いは叶わない。そんな物語だ。

「ここのようですぜ……」

月明かりに浮かんでいるのは、なかなか立派な庄屋屋敷のようで、隅田川に面して船着場もあるようだが、大名の隠居が住むような所ではなかった。もっとも、有馬伊勢守は隠居の身分ではない。まだ四十半ばの壮年《そうねん》であり、〝洗われた〟後は、ただの浪人である。

川風に風鈴が鳴っている。

いや、屋敷に何者かが近づいたという報せを、寝ずの番が母屋《おもや》に送っているのであろう。屋敷の中には、甲州犬《こうしゅうけん》のような大きな犬が何頭かいる気配もあった。

――ウウッ……。

と獰猛《どうもう》な唸り声が聞こえているが、主人の差配《さはい》がなければ動かないのか、それとも賊《ぞく》が何かしない限り襲わないのか。いずれにせよ、厳しく躾けられているようだった。

冠木門《かぶきもん》のような表門は閉まったままだが、横手にある潜り戸が開いて、

「お待ちしておりました」

と顔を出したのは、昼間、『宝屋』に繋ぎ役で来た圭助だった。

「どうぞ、お入り下さい」

十兵衛の他に、半次、さつき、菊五郎の顔を確認すると、戸を開いた。

屋敷の中に踏み込むと、唸り声を発していた番犬が、意外に近くの闇の中に潜んでいたことが分かった。

「客を歓迎する様子とは程遠《ほどとお》いじゃねえか」

半次がぼやくように言うと、圭助は深く腰を曲げて、

「ご主人様は案外《あんがい》、臆病《おくびょう》でして……」

「そうではなかろう。俺たちが〝本物〟かどうか、犬に覚えさせている匂いで確かめているのであろう。犬は人の数千倍から数万倍の嗅覚《きゅうかく》があるゆえな」

「畏れ入りましてございます」

否定もせずに、圭助は母屋へ通した。

実に立派な藁《わら》葺《ぶ》き屋根で、柱や梁《はり》も太くて丈夫そうであった。江戸周辺の関八州《かんはっしゅう》

には、豪農が沢山いて、江戸の御用商人などよりも財力が強かったその者たちは、幕府の意向《いこう》によって、その村々の治水《ちすい》や街道などの整備、天災飢饉《ききん》の折には救貧活動をするのであった。

「まごうかたなき、豪農……のふりをしているのだな」

菊五郎が屋敷を見廻していると、早くと促されて、母屋に入った。

広い土間には、竈《かまど》や水瓶《みずがめ》、流しなどがあって、薪や炭なども備えられてある。下女であろうか、まだ十五、六の娘と中年女が、何やら料理をしているようだった。江戸府内であれば、火を落とさねばならぬ刻限はとうに過ぎているが、来客のために酒の肴《さかな》でも作っていたのであろう。甘辛《あまから》い、美味《うま》そうな煮物の匂いが漂っていた。

圭助に招かれるままに奥の一室に入ると、そこには有馬が座っていた。八畳くらいの座敷で、床の間には立派な書の掛け軸があり、竜胆《りんどう》の一輪挿しがあった。

——あなたの悲しみに寄り添う。

という花言葉があるが、むろん有馬が承知しているかどうかは分からぬ。

高膳《たかぜん》が人数分、用意してあり、有馬は自ら、

「好きな所へ、座ってくれ」

と気さくな態度で手を差し伸べた。まず十兵衛が、有馬に最も近い所に座ると、向

き合う形で、半次と菊五郎があぐらをかき、さつきは遠慮がちに下座に着いた。

「遠路《えんろ》、よく来てくれた。ここならば、安心して大声で話ができる。なに、この屋敷の周辺の村人たちは、すべて私と気心の知れている奴ばかりだ」

「それは、あなたの手下ばかり……ということで？」

菊五郎が不躾《ぶしつけ》に訊くと、

「そう受け取って貰って構わない」

と有馬は答えてから、まずは酒を酌《く》み交わそうと銚子《ちょうし》を傾けようとしたが、

「本題から入って貰おう。俺たちは酔っぱらいに来たわけじゃない」

十兵衛が無下《むげ》に断ると、有馬も真顔で、

「そうか」

あっさりと銚子を引っ込めてから、改めて一同を見廻した。

「おまえたちとは、幕閣の不正を暴いた例の〝からくり心中〟の一件から、付かず離れずでつきあってきたが、今日は正式に俺の仲間になって欲しくて来て貰った」

狙いはそこにあると十兵衛たちは思っていたが、答えは決まっていた。これまで何度か話したこともあるとおり、自分たち〝洗い屋〟は誰にも命令されず、何処からも支配をされず、野にあって、ただ困った人の人生を洗い直すだけである。

「そうはいっても、金がない奴は洗ってこなかったじゃないか」

「必ずしもそうじゃない」

十兵衛は首を振った。

「もっとも、みんな生業《なりわい》を持っているが、遊び半分でやっているわけではないからな。金は命の保証ってとこだ」

「専業にしてはどうだ。表の稼業は、まさに世を欺《あざむ》く姿」

「その考えが俺たちとは正反対だ」

「正反対……」

「ああ。洗い張り屋や湯屋をやっている者が、たまさか困っている人に出会って、相手の望み通りに救ってやる。道端で倒れている人に手を差し伸べるのと同じことだ」

「なるほど」

「だが、有馬さん……あんたは違う。自分の影を世間から消して、この世に巣くう悪を退治する、なんていう綺麗事にはつきあってられないんだ。何度も言ったはずだ」

「まあ、端から、そう対立するようなことを言うなよ」

呆れたように有馬は溜息をついて、手を叩いた。

襖《ふすま》が開いて、隣室から出てきたのは——次郎吉《じろきち》であった。有馬の手先として働いている元は盗人《ぬすっと》の鼠小僧《ねずみこぞう》次郎吉である。義賊として知られていたが、北町奉行の榊原主計頭がわざと別の咎人《とがにん》を鼠小僧に仕立てて、〝洗われた〟男である。

つまりは、幕府の元若年寄と、現役の北町奉行が手を組んで、不都合な連中を〝影捌き〟をしようという企《たくら》みがあって、その手足として十兵衛たちを使いたいのが見え見えであった。

「久しぶりに見る顔じゃねえか。近頃は、とんと『宝湯』にも立ち寄らないが、またぞろ何処ぞで盗みでも働いてたかい」

半次が吹っかけるように言うと、次郎吉は若々しい笑顔を見せて、

「だから、そう噛みつくなって」

「気に食わねえんだよ」

「あんたたちが有馬様と一緒に働くのを断ろうが、断るまいが、もう相手からは同じ穴の狢《むじな》だと思われているんだよ」

「同じ穴の狢って……別に俺たちゃ、悪いことはしてねえぞ。それにな……」

と言いかけたとき、十兵衛が割り込むように、

「相手ってのは、誰のことだ」

「近藤豊後守と日野日向守に決まっているじゃねえか。長崎奉行と山田奉行……いず

れ、江戸にて三奉行になる御仁たちだ」

「!……」

十兵衛のみならず、半次と菊五郎、さつきも驚いたように、次郎吉を見やった。

「そんな吃驚《びっくり》せずとも、青木喜三郎の娘を洗って、その挙《あ》げ句《く》、青木が殺されたんだから、およその見当《けんとう》はついてただろう? この一件によって、〝洗い屋〟なる奴らを引きずり出して……もちろん公にはせずに、あんたらを探し出し、青木の娘の居場所を吐かせてから、闇に葬る……」

「…………」

「息子たちの不祥事がバレたら困るからだろうが、根はもっと深い所にあるに違いない……有馬様はそれを探ろうとしているんだ」

少し間があったが、半次はでかい腹を突き出して、

「だから、そんなこたア、俺たちには関わりねえってんだろうが」

と言うと、菊五郎も続けて、

「そうともよ。万が一、火の粉が降りかかってきても、てめえで振り払うだけよ」

「火の粉じゃすまねえよ」

次郎吉は自信に満ちた目を光らせ、

「猛火《もうか》となって、すぐそこまで来てる。あんたたちだけでは、身を守ることは難しいかもしれねえし、この際、手を組んだ方が相手を倒しやすいと思いますがねえ」

「脅《おど》しには乗らねえよ」

菊五郎は野太い声を返したが、十兵衛は無駄だと制して、

「有馬さん……これまでどおり、しばらくは付かず離れずでいきましょう」

「どうしても……」

「俺はあんたの世直し話、嫌いではない。しかし、同じ思いを俺たちに強《し》いても、それこそ無理な話だ。しぜんにそうなるまで待って貰いたい。それに……」

「それに？」

「てめえに降りかかった火の粉はてめえで払う。これは〃洗い屋〃稼業の宿命なんで、もし命を落としても仕方がないこと。とはいえ、相手が誰であれ、おめおめとやられはしないから、ご安心を」

「…………」

「それと、あまり俺たちを舐めない方がいいと思いますよ」

「…………」

「次郎吉さん。あんただって、一度は捨てた命なら、二度と浮かぶ瀬はないと思って、

それなりの使い方をした方が利口だ」

珍しく十兵衛が険《けわ》しい顔になって立ち上がると、中庭には殺気を帯びた空気が広がった。おそらく有馬の手下たちが控えているのだろうが、十兵衛に怯む様子はない。

半次たちの眼光も鋭く光った。

「なんとも……頑固《がんこ》だな、おまえたちも……」

有馬は吐息混じりで言った。

「だが、覚えておけ。近藤豊後守と日野日向守は本気で、おまえたちを潰しにくるであろう。用心には用心をな」

不気味なまでに細めた有馬の目を、十兵衛たちも剔《えぐ》るように睨み返していた。

八

同じ夜のことである。

上野《うえの》は不忍池《しのばずのいけ》の畔《ほとり》に、数人の若侍がたむろしていた。まだ青い葦《あし》が生い茂っており、月明かりに水面《みなも》はきらきらしている。

界隈《かいわい》には出合茶屋が並んでいるから、密かに恋路を楽しんでいる男女もいるに違いない。その秘事を覗こうとでもしているのであろうか、抜き足差し足で歩いている。

月光に浮かんだ先頭の若侍は、日野祐平であった。細身だが悪戯《いたずら》好きそうな顔つきで、
後ろからついてきている同じ年頃の若侍たちに、

「この先が絶景なんだ……離れに湯船があってよ……助平な爺さんがよ、若い娘を
……金にものを言わせて、むひひ……」

と言って一歩、進んだとき、

「あ、いたッ！」

と踏みとどまった。かろうじて声を洩らさなかったが、実に痛々しい顔でしゃがみ
こんで、足先を見た。

履き物を突き抜けるような切り株があって、足の裏まで到達していた。

「いてて、ててて……なんだ、こんな所に……」

祐平が見やると、ただの切り株ではなく、そこら一帯に竹を斜《なな》めに切ったものが、
剣山のように敷かれてあった。

「くそう……誰が、こんな……」

情けない声をあげながら立ち上がった祐平の前に、編笠の侍がふいに現れて、

「覗きをする輩を近づかせないためだ」

「あっ……」

祐平はいつぞやの浪人だと気づいたのか、編笠の中を覗き込むように見上げると、髭面ではあるが、はっきり顔は見えなかった。

「お、おまえは……！」

後退《あとずさ》りしようとした祐平だったが、足の痛みに体勢が崩《くず》れた次の瞬間、

——バサッ。

目にも止まらぬ速さで、深編笠が額を叩き斬った。

「う……ッ」

悲鳴を上げる間もなく、祐平は仰向けに倒れて、引き連れている子分格の若侍たちの前に倒れた。何事が起こったのか分からなかった。それほど、いきなりのことで、他の若侍たちも尻餅《しりもち》をついて、這いずって逃げ出すこともできなかった。

「ま、待ってくれ……待って……」

お互いが足を引っ張り合いながら、若侍たちは地べたを這っていたが、祐平だけは事切れていて、白目を剝《む》いていた。赤い月光が、血の気が引いていくその顔を照らし続けており、不忍池からの生ぬるい夜風に包まれていた。

編笠の男は若侍たちを深追いせず、威嚇《いかく》するようにブンと一振りしただけで、木陰

に身を引いた。若侍たちは逃げるのが精一杯で、誰も反撃しようともしなかった。

だが――編笠を尾けるひとつの影があった。黒装束の忍びのようである。

町木戸が閉まっている刻限ゆえ、自由に町中を歩くことはできない。町木戸は、盗人が真夜中に勝手に移動することができないように、町ごとに通りを仕切るためのものであるが、町方与力や同心、あるいは江戸詰めの藩士や医者、産婆《さんば》などは火急の用事があれば、通さねばならぬ。

かといって、今しがた人を斬った者が、わざわざ木戸番を起こすのは、無謀《むほう》であろう。顔を必ず見せねばならず、身分も報せる必要があったからだ。それほど、江戸市中は防犯がしっかりしていた。

しかし、掘割《ほりわり》となれば、きっちりと柵があるわけではなく、橋番や水門番などの目を盗むことが出来れば、意外とすり抜けることができた。もっとも日が暮れてからの川船の使用も、一応は禁じられている。屋形船が隅田川に出て涼《りょう》を取るのも、特別な営業許可があってのことである。

だが、編笠の侍は三之橋あたりから、自ら仕立てていたのであろう、小船に乗り込んでゆっくりと掘割を進んだ。櫓《ろ》を扱うのは、手慣れた船頭のようで、波の音すら立てない静かな漕ぎ方だった。

一旦、隅田川に出てから、神田佐久間河岸《かんださくまがし》あたりに着けて、編笠だけが降りると近くの裏通りに入った。そこから先は、武家屋敷と町屋の間を色々と入り組んだ裏路地を抜けて、巧みに木戸番を避けるように、かなり遠廻りをして、辿《たど》り着いたのは――。

なんと、杉野伊賀守又右衛門の屋敷であった。

潜り戸に入りしな、編笠は背後を気にするようにチラリと振り返った。髭面が微かに月明かりに浮かぶ。その顔をたしかめたくて、尾行してきた黒装束は塀《へい》の陰に潜んで目を凝《こ》らしたが、猫の目ではないからハッキリと認めることはできなかった。

編笠が屋敷内に姿を消すと、黒装束は猿《ましら》のような素早さで築地塀《ついじべい》に駆け寄り、音のしない縄梯子《なわばしご》を掛けて軽々と駆け上り、庭に飛び降りた。

運良く月が雲に隠れ、姿を晒されなくなった黒装束は闇に紛《まぎ》れて、母屋に近づいていくと、能楽堂の方で物音がした。

「!?――」

植え込みの陰に潜みながら、様子を窺っていると、渡り廊下から続く離れの障子戸に、編笠の影が映っていたが、すぐに消えた。すぐさま着替えてでもいるのか、衣擦《きぬず》れの音がして、細やかな動きが黒装束が潜んでいる所でも感じられるほどだった。

しばらく、じっと闇の向こうを食い入るように見ていると、ふいに背後から、

「誰じゃ……何者だ……」

と声がかかった。

ギクリとなった黒装束だが、身を潜めたまま振り返ると、母屋の濡れ縁から能楽堂を挟んだ向こうにある離れに向かって、杉野が声をかけていたのが分かった。寝間着姿で、寝入りばなを起こされたような不快な顔をしている。

黒装束には気づいていないようで、二、三歩進んで、

「おい……英之輔か……またぞろ、夜中に出歩いておったか……貴様、あれほど夜歩きはならぬと言いつけておるのに、まだ分からぬのかッ……おい！　聞いておるのか！」

夜空に広がるほどの大声になったが、杉野はそれ以上、進み出るのは止めて、諦《あきら》めたように深い溜息をついた。

離れからは何の返事も来ない。ただ、静寂《せいじゃく》が戻って、コツンと鹿威《ししおど》しの音だけが、小鼓のように響いた。

「ふう……」

もう一度、深く息を吐き出してから、杉野は自室に戻って、障子戸を閉めた。

「…………」

黒装束はそっと杉野の部屋に近づくと、風に吹かれて、ひらひらと細い葉が舞い降りてきた。それを手に取ると、葦の細い葉であった。

「これは……」

不忍池の出合茶屋近くの藪の中から、編笠に付着でもしてきたものかもしれない。この屋敷の者、なかんずく英之輔が、上野不忍池に行っていたという証になると思ったのか、黒装束はそれを懐に仕舞った。

物音か風の音か——。

ふと見やると、先程は気づかなかったが、能楽堂の笛柱のあたりの細い花瓶に、竜《りん》胆《どう》の一輪挿しがあるのが見えた。

「………」

黒装束は人の気配を感じて、さらに身を潜めた。家臣の者たちが異変を察知したのか、先に帰った英之輔を守るためなのか、蠟燭で渡り廊下や中庭を照らしながら歩いてきた。動けばすぐに気《け》取《ど》られる。黒装束は息を止めて、通り過ぎるのを待っていた。

すると、家臣のひとりが、縄梯子が掛かっているのに気づいた。

「あっ！　曲者《くせもの》じゃ、曲者でござる！」

大声を発した途端、他にも数人の家臣が出てきて、中庭にも降りてきた。

このままでは見つかると判断したのであろう。黒装束は突然、

「わああ！」

と裂帛《れっぱく》の叫びを上げた。

近づいてきていた家臣たちは、驚いて仰《の》け反《ぞ》った。その隙《すき》をついて、先頭のふたりに当て身をするや、最も近い塀まで駆け戻って、庭木を足場にして、

――ひらり……。

と表に飛び出した。そして、一目散《いちもくさん》に逃げ出したが、不思議と追っ手は門から出て来なかった。下手に門を開ければ、徒党《ととう》を組んだ賊が押し入ってくることもありえるからだ。

矢のように走る黒装束の前に、突然、大きな人影が立ちはだかった。

伊蔵だ。その後ろには、久保田が立っている。

「!?――」

黒装束は勢いのまま駆け抜けようとしたが、伊蔵がズンと前に踏み出してきた。四股《しこ》を踏みながら、意外にも速く、壁のように迫ってきた。

咄嗟《とっさ》に横っ飛びになって逃げる黒装束の足に、鎖がしなやかな弧を描いて飛来してきた。分銅《ふんどう》が絡んで、黒装束は転倒したが、すぐに猫のように立ち上がって、するり

と抜けた。手妻《てづま》を使ったかのようだった。

だが、ほんのわずか体勢を崩した隙に、久保田の居合いがスッと伸びてきた。黒装束は闇の中ゆえ目測《もくそく》を誤ったのか、避《よ》け損《そこ》ねて覆面《ふくめん》が刀の切っ先によって裂《さ》けた。

はらり――と露《あら》わになった顔は、香澄《かすみ》であった。十兵衛たちに絡んでいた〝くの一〟で、有馬の手の者である。

むろん、久保田と伊蔵は見たこともない女だ。

香澄は顔を隠すこともなく、じりっと間合いを取った。

「やはり、杉野伊賀守は何かやらかしているのだな」

久保田が問いかけたが、香澄は黙っていた。

「俺たちも、あの屋敷に、編笠の侍が入るのを見た。おまえが尾けてきた訳はなんだ。屋敷の中で、一体、何を見たのだ」

「…………」

「だから、追われたのであろう？　俺たちに話せば、奴らから身を守ってやる。悪いようにはせぬ」

「…………」

「おまえは何者なのだ。何故、あの編笠を探っていた」

「…………」

「あの編笠は、人殺しかもしれぬのだ……町方に手を貸した方が、いいと思うがな」

「ふん……」

無言のまま、香澄は踵を返すと千鳥ヶ淵の方まで駆け出して、

――ふわり。

と断崖《だんがい》の向こうへ飛び出した。

バッと開いた黒装束は大きな羽のように膨らんで、まるでムササビのように濠の向こうまで飛んでいった。そのままでは水に落ちるに違いないが、その気配はなく、闇の中に消えた。

久保田と伊蔵は追うこともできず、呆然《ぼうぜん》と立ち尽くすしかなかった。そこへ、杉野の家臣たちが槍や刀を抱えて、門から飛び出してきたが、もはや獲物《えもの》の姿は何処にも見えなかった。

雲間から月がまた顔を出したが、深閑《しんかん》とした宵闇《よいやみ》の向こうには、江戸城の石垣が広がっているだけであった。

第三話　月影の鼓《つづみ》

一

不忍池《しのばずのいけ》の出合茶屋の藪《やぶ》の中で、斬り殺されていた日野祐平《ひのゆうへい》の死体が見つかったのは、その翌朝のことである。

検死に立ち会った久保田《くぼた》と伊蔵《いぞう》は、見事に眉間《みけん》を断ち割られている無惨《むざん》な姿を見て、――杉野《すぎの》の屋敷に行った編笠《あみがさ》の男の仕業《しわざ》に違いない。

と確信をした。尾行していた間も、隙《すき》のない動きや気配《きくば》りだったことを思い出したのだ。しかも、此度《こたび》の犠牲者である日野祐平の刀傷は、過日、殺された飯尾一之進《いいおいちのしん》が一刀のもとに殺された太刀筋《たちすじ》や傷口とも一致する。

「だ、旦那……嫌な感じがしてきやしたぜ、ねえ……」

伊蔵は仏《ほとけ》になった日野に手を合わせながらも、一抹《いちまつ》の不安を覚えていた。それは、下手人が、杉野の屋敷の中にいる者……しかも、ちらりと見えただけだが、髭面《ひげづら》であったということだ。

「おまえも感じていたか伊蔵……まだはっきりとは断ずることはできぬが、あれは……あの編笠は、杉野様のご子息……英之輔《えいのすけ》様ではないかと、俺は思っている」

「やはり……」

同じことを伊蔵も思っていたから、益々《ますます》不安が込み上げてきた。

「だとすればだな……」

遺体の始末は町方中間らに片付けさせて、検死の場から離れながら、久保田は伊蔵に小声で言った。

「杉野様がご存じかどうかだ……」

「知ってるんじゃありやせんかねえ……あっしは、そんな気がしやす」

「なぜ、そう思う」

「屋敷を訪ねたとき、鼓を叩いてやしたね。あれが英之輔様だったとして……おまきは違うだろうって言ってましたがね……とにかく、英之輔様があの屋敷にいるのは確かですが、それを杉野様は世間には隠してる。そう感じたんでやす」

「うむ……」

「表に出したくないような出来の悪い息子かもしれやせんぜ。あっしが、そうでしたから」

「おまえと一緒にするな」

「でも、プンプン臭《にお》うんでやすよ。十手《じって》持ちの勘《かん》というやつですかね。杉野様は何かを隠している……鼓を叩いたり、謡《うたい》をやったりするのが大好きで、旗本としてお勤めをするのが嫌な息子で、屋敷に引きこもっている……そういう輩《やから》なんですよ」

「………」

「でも、ずっと引きこもっていると頭がおかしくなってきて、なんだかワッとなって人を斬りたくなるとか。いや、元々、おかしいのかもしれやせんがね。そういう輩は世間にいるもんです」

「そう先へ先へと、考えるのはよしな。まずは、きちんと裏を取ることだ。しかし、もし、おまえが案じているようなことなら、いつ町人に刃を向けて来るかも分からぬゆえな……きちんと調べてみなきゃならぬな」

　険《けわ》しい目になる久保田の言葉を、伊蔵もしかと頷《うなず》いて聞いていた。いつもなら難儀《なんぎ》なことから逃げ出すふたりだが、北町奉行の榊原主計頭《さかきばらかずえのかみ》から直々《じきじき》に命じられての探《たん》索《さく》だから、気合いが入っていた。

そんなふたりを――。

町娘姿の香澄《かすみ》がじっと見つめていた。その背後からピピッと口笛が聞こえた。振り返ると、近くの鰻屋《うなぎや》の二階に、手すりに凭《もた》れかかった次郎吉《じろきち》がいた。口笛の主《ぬし》である。男のくせに女物の丹前《たんぜん》を引っかけて、いかにも風来坊《ふうらいぼう》という感じである。端《はた》から見れば、遊び人が可愛らしい町娘をからかっているようにしか見えないであろう。

香澄は遊び人の呼びかけに答える尻軽女さながらに、下駄を鳴らして、鰻屋に向かった。二階の座敷はがらんと広かったが、丁度《ちょうど》、飯時ではないので、客はいなかった。

手すりの向こうには、不忍池が見えて、弁天島《べんてんじま》なども眼下《がんか》にある。

「どうでえ。白焼《しらや》きと蒲焼《かばや》きを食って、出合茶屋にしけ込むとするか」

男と女が一緒に鰻を食べるということは、理無《わりな》い仲との証明である。ここで精《せい》をつけて、出合茶屋に行くふたり連れは多かった。

「次郎吉さん……そういう洒落は面白《おもしろ》くないからね」

「相変わらず、お固いねえ」

「あなたのような〝はぐれ者〟とは違うんです。私は心の底から、有馬《ありま》様を尊敬し、忠誠も誓っていますから」

「忠誠心ならば、俺も負けないがね。何しろ、榊原様共々、命の恩人でもあるからな」

「だったら……」

「ちょいとくらいいいじゃねえか。それとも、有馬様にその身も捧《ささ》げているのかい？」

「――それ以上、言うと殺すよ」

「ふん。図星かよ」

「違います。ふざけないでと言ってるんです」

小声でぼそぼそとやりあっているだけだから、これまた端から見れば、痴話喧嘩《ちわげんか》にしか見えないであろう。鰻の白焼きと肝《きも》の煮こごりを運んできた女中が、

「仲がおよろしいことで」

と微笑《ほほえ》んで立ち去ると、次郎吉はさりげなく香澄の手を握った。素早く払いのけるのを、次郎吉は苦笑《くしょう》して、

「ゴツゴツした手だな……〝くの一〟だってことがバレちまうぜ。一端《いっぱし》の忍びってのは、何者か分からないようにしてるもんだ」

「あんたも根来《ねごろ》の出らしいが、伊賀者《いがもの》をバカにすると怪我をするよ」

「おお、恐い、恐い……」

次郎吉はわざとらしく首を竦《すく》めて、白焼きを一口食べて、酒を飲んでから、

「ところで……」

真顔になって、昨晩、追尾した編笠の侍のことを尋《たず》ねた。

香澄は外を眺《なが》めながら、

「あの同心と岡っ引が察《さっ》しているように、杉野様の子息、英之輔が関《かか》わっている節《ふし》があって、昨夜《ゆうべ》もその出合茶屋に来ていたのは、間違いない」

と屋敷内で拾った葦《あし》の葉を見せた。次郎吉はそれを手に取って、

「では、香澄……おまえも、英之輔が殺したというのか、日野祐平を」

「飯尾一之進もね」

「その理由は何だ。ただ、誰かを叩き斬りたいのならば、辻斬りでもいいじゃねえか。丸腰の町人を狙った方が……」

「やり返されるかもしれない……恐怖を味わいたい。そんな思いもあるのでは？」

「だが、いずれも一刀で仕留めている。怒りの刃《やいば》でしかない気がするがな」

「じゃ、次郎吉はどう考えてるんだい」

「そうさな……」

次郎吉は箸先《はしさき》を香澄に向けた。

「よしなよ。何の真似だい」

「明らかに狙って殺したに違いない。飯尾一之進も日野祐平も、戯《たわむ》れに殺されたのではなく、誰かが……殺すつもりで殺した」

「誰かとは……英之輔だね？」

「かもしれねえが、まだそうだとは言い切れめえ。その場を押さえるしかあるまい」

グサリと箸を鰻に突き立てて、口の中に放り込んで、次郎吉がニンマリと笑うと、香澄は艶《つや》やかな黒い瞳になった。

「残るは、近藤辰馬《こんどうたつま》。こいつを見張っていれば、必ず現れる。そう考えるんだね」

「うむ。近藤辰馬はおまえが張りついててくれ。俺は、杉野の屋敷に潜《もぐ》り込んで、英之輔の動きを調べてみる。おまえは久保田に顔を見られたからよ……やつらもしつこく、杉野の屋敷を探るに違いあるまい」

と障子窓の外を見た。検死は終わったが、まだ同心や町方中間《ちゅうげん》が、出合茶屋の周辺をうろついている。表通りや路地、裏庭や中庭、葦の原の中まで、下手人に結びつく落とし物がないか探しているのである。

「あった……あったぞ！」

六尺棒を持った町方中間が、裏庭の藪の中から飛び出してきたのが見えた。

「印籠《いんろう》だ……家紋です」

声を上げながら掲げる中間の側に、久保田が駆《か》け寄《よ》って、

「お、これは……〝鉄線《てっせん》〟だ……鉄線ではないか」

次郎吉と香澄の所からは、家紋が何かまではっきりは見えないが、久保田の唇が「てっせん」と動いたのを、ふたりとも認めた。読心術を使えるからである。

「鉄線ならば……まさに、近藤豊後守《ぶんごのかみ》の家紋ではないか……」

清和源氏《せいわげんじ》の片桐《かたぎり》家や藤原氏の宇田川家などが使っていたが、藤原氏の流れを汲《く》む近藤家が、江戸時代になって改めて使ったものだ。息子の近藤辰馬ももちろん同じ家紋である。

「では、近藤辰馬が……!?」

香澄が疑念を感じると、すぐさま次郎吉が答えた。

「バカを言うな。おまえは見たんだろう？　日野祐平を斬った髭面の侍が、杉野の屋敷に入ったのを」

「ええ……でも……」

「これは罠だな。明らかに、近藤辰馬を巻き込むための罠に違いねえ」

「…………」

「久保田も鈍《にぶ》い奴じゃねえから、すぐに気づくだろう。杉野家に逃げ込んだ奴が、近藤辰馬を引きずりだすために仕掛けたとな。さて、どうするかだ……」

何が楽しいのか、次郎吉はニンマリと微笑んでから、残りの白焼きを食べて、ぐいっと酒をあおった。そして、

「なあ、香澄……一仕事、終えたら、俺と一戦、交《まじ》えないか。それとも、月丸十兵衛《つきまるじゅうべえ》の方が気になるかい」

香澄は何も答えず、すっと立ち上がると翻《ひるがえ》って廊下に出た。

「まったく、催眠術でもかけられてるのか……相当《そうとう》、有馬様に操《あやつ》られてるな」

二

次郎吉が、杉野の屋敷に渡り中間として奉公したのは、その翌日のことだった。

中庭をうろついている次郎吉に、

「おい。見かけぬ顔だな」

家臣のひとりが声をかけた。六尺近い大柄で、いかにも武芸者然《ぶげいしゃぜん》とした態度である。

妙《みょう》な忍びが屋敷内に入ったりしているから、小さなことでも気がかりなのだ。

「今日、ご奉公に上がったばかりでございます」

「名はなんという」

「へえ。次郎吉と申します。お見知りおきのほどを」

「さようか。俺は村上《むらかみ》というが……」

と言いながら、家臣は腰の刀の鯉口《こいぐち》を切った。思わず身を引いた次郎吉の動きを見て、村上はズイと間合いを詰めながら、

「貴様……只《ただ》の者ではないな。忍びの心得《こころえ》があろう」

「いえ、単に身軽なだけでして……」

さらに一歩踏み込んで斬りかかろうとした村上に、池の向こうの廊下から、

「待て。そやつは榊原殿の手の者だ」

と杉野が声をかけた。

「北町奉行の？」

「さよう。例の千鳥ケ淵《ちどりがふち》の一件から、何やら、うちにも面倒がかかってきておるようなのでな、榊原殿が自《みずか》ら申し出てくれたのだ」

「そうでしたか……申し訳ありませぬ」

「いや。おぬしも己《おの》が務めを果たそうとしたまで。妙な輩が入り込んでくれば、事と次第では斬り捨ててよい」

「ハハッ」

忠臣らしく村上は平伏《へいふく》して、持ち場に立ち去った。次郎吉は地面に座って、深々と頭を下げて、お礼を言った。すると、杉野は気にするなと首を振ってから、

「近《ちこ》う寄れ……」

と手招きをした。次郎吉が従《したが》うと、声を潜めて、

「この屋敷内で見たこと、逐次《ちくじ》、榊原殿に報せるでないぞ」

「は……？」

「私は榊原殿とは別に不仲というわけではないが、頭が切れて腕もよく、出世第一の侍はあまり好きではない」

戸惑《とまど》う顔の次郎吉に、杉野は何かを見抜いているかのように続けて、

「おぬしを我が屋敷に送り込んだのは、飯尾一之進と日野祐平のふたりの殺しについて、うちの倅《せがれ》が関わっているのではないかと、疑っているからであろう」

「！……」

「図星のようだな……」

「さすがは勘定奉行《かんじょうぶぎょう》までお勤めになられた、杉野伊賀守様でございまする。お察《さっ》しのようでございますな」

「だが、何をどう探ったとしても繋《つな》がりは出てくるまい。倅のせいではないからな」

じっと見下ろす杉野を、次郎吉は見上げていたが、

——何処《どこ》かに嘘がある。

と感じた。

「お言葉ですが、杉野様……此度の一件は、榊原様だけではなく、幕閣の中で色々と取《と》り沙汰《ざた》されております」

「ほう、何を、どのように……」

「英之輔様は心に病《やまい》を抱《かか》えておられ、表に出ることなく、引きこもっておられると」

「…………」

「お父上が立派すぎて、自分は到底《とうてい》、及ばないと感じて、自分を卑下《ひげ》しているのではないか。だから、杉野家の跡取りも親戚の方がやられて、英之輔様はまるで部屋住みのような暮らしをしている……いや、それは英之輔様が引きこもっているのではなく、杉野様自身が、そうせしめているのではないかと」

「私が息子を……」

「それが余計な憶測《おくそく》を生んでいるとなれば、きちんと何らかの役職に就《つ》かせて、御城勤めをさせれば、少なくとも妙な噂は払拭《ふっしょく》されるのではありますまいか」

「……榊原殿が、そう伝えよとでも？」

「いえ、私の考えを述べたまでです。ご無礼をお許し下さいませ」

「気にするな……私も頭を抱えておるのだ」

杉野が軽い溜息をついたとき、離れからポポンと鼓の音が聞こえた。思わず振り返った次郎吉は、渡り廊下を歩いてくる十兵衛の姿を見て、アッと息を呑《の》んだ。

その表情を、杉野は見逃さず、

「知っておるのか……？」

「——いえ……その後ろから来る奥方は、たしか……」

とっさに次郎吉は誤魔化《ごまか》した。女は太物問屋《ふともののどんや》『三島屋《みしまや》』の女将《おかみ》で、娘さんがいなくなって困っているのだと杉野は話した。

「私ともちょっとした縁《えん》でな……一緒にいる浪人は、『三島屋』の用心棒だ」

「用心棒……」

「人探しの手伝いもしているようだが、娘がいなくなってから『三島屋』にも、奇妙なことが続いたとかでな……不安に思ったのであろう。嫌なことばかりだな」

ふうっとまた溜息をついた杉野は、十兵衛が谷中富士見坂で洗い張り屋をしているとは承知していないようだ。ましてや、〝洗い屋〟であることは知る由もない。

「月丸殿……でしたかな」

杉野が声をかけると、十兵衛は身分の違いなど関わりはないという態度で、

「何か変わったことがありましたかな？」

と言いながら、ちらりと次郎吉を見た。有馬伊勢守《いせのかみ》や榊原主計頭の手先として、香澄とともに暗躍《あんやく》していることは百も承知だが、特に反応は見せず、

「早く下手人が現れて、杉野家にかけられているつまらぬ疑いが晴れて欲しいですな」

「さよう……悪い噂は、ひとり歩きするゆえな」

「実は、杉野様。『三島屋』のひとり娘、お静《しず》さんが、いなくなったことと、青木喜《あおきき》三郎《さぶろう》殿の娘御が姿を消したことと……何処かで繋がっているとお考えのようでしたが、それは誤っていると思います」

青木の娘・小夜《さよ》は、十兵衛たちが〝洗った〟のだ。が、お静のことは承知していない。しかし、半次やさつきが調べたところ、お静もまた殺された飯尾一之進や日野祐平、そして生き残っている近藤辰馬の三人に陵 辱《りょうじょく》された節があるのだ。

ゆえに、半次《はんじ》や菊五郎《きくごろう》は、

——この不良旗本三人が、お静を殺した上で、何処ぞに捨てたか埋めたのではないか。

と考えているのだ。とはいえ、そのような証拠は何処にもなく、ただ忽然《こつぜん》と姿を消しただけであるから、探しようもなかった。町方でもそれなりに探索をしたが、お静を見かけた者もいない、というのは不思議なことである。

「杉野様は、そのことについて、何もご存じありませんなんだか」

十兵衛が訊《き》くと、杉野は訝《いぶか》しげな目を向けて、

「どういう意味かな」

「私の調べでは、近藤辰馬、飯尾一之進、日野祐平の三人と……いえ、他にもまだ仲間はいるのでしょうが、頭領格はこの三人。この者たちに虐《いじ》められていた……というよりも、支配されていた旗本の子息たちの中に、英之輔様もいたのではないか、と」

「なに、英之輔が不良どもと……むふふ」

バカバカしいと杉野は自嘲気味《じちょうぎみ》に、

「そのような連中とつきあえる度胸があれば、屋敷に引きこもって鼓や謡いにうつつをぬかすことはあるまいて」

「つきあっているのではなく、あれこれと使いっ走りをさせられていただけです」

「………」

「世の中、どこでも……お役人の中でも、虐めというのはあるものです。ええ、まあ私もさる藩で奉公していたことがありますから、事情は分かります」

津軽藩のことはもちろん語らない。もし訊かれれば、伊予桜井《いよさくらい》藩と答えている。

「月丸殿……おぬしは『三島屋』の用心棒であろう。お静がいなくなったことを、懸命《けんめい》に探るのは結構なことだが、私の息子が関わっているなどと言うのなら、二度と屋敷には来ないで欲しい」

「気分を害されたのでしたら、このとおり……」

十兵衛は頭を下げて、

「ですが、あなたが何かを隠すことによって、死人が出ているのです。どら息子だからといって、殺されていいわけではない。ましてや、青木殿が何者かに殺されましたが……これとて、近藤辰馬たちの親がやったやもしれぬのですぞ」

「………」

「目付も動いております。何か知っていることがあれば、隠さず話した方が、平穏《へいおん》な解決に向かうと存じます」

「ふむ……まるで、英之輔が悪さでもしたような言い草だな……」

「一言も、そんなことは申し上げておりません。ただ……一度でいいですから、英之輔様と会って、話をさせていただきたい」

「それは……ならぬ」

「何故ですか」

「まず英之輔が嫌がるであろう」

杉野と十兵衛の目と目がぶつかった。これまで、あまり見せたことのないような杉野の強張《こわば》った表情を、十兵衛も凝視《ぎょうし》していた。だが、杉野は悲しみを帯《お》びた笑みを洩《も》らし、

「人間、落ち目になりたくないものよのう……勘定奉行の職にあったときには、何ひとつ疑われるようなことはなかった。だが、今は、疚《やま》しいことが全《まった》くなくても、己《おのれ》を庇《かば》おうとする何かがある……繕《つくろ》わねばならぬ、そんな自分が歯がゆいわい」

そう言って、自室へ戻っていった。

おまきは今日もまた、何の新しい報《しら》せもないから、苛立《いらだ》ちと切なさが入り混じった溜息《ためいき》を吐《つ》いた。十兵衛は、必ず行方《ゆくえ》を見つけるとおまきを慰《なぐさ》めてから、中庭に降りて、池のほとりに置いてある餌《えさ》を鯉《こい》に投げた。

あっという間に集まった金色や赤色の錦鯉《にしきごい》が、優雅に水面の麩《ふ》を吸い込んだ。途端、鯉は深く沈んで、四方八方に散った。水面に広がる波を眺《なが》めながら、

「旦那……どうやって、『三島屋』の女将に近づいたんです」

「相手は太物問屋だ。繋がりなんぞ幾らでもあるよ。それより、おまえこそ、ここで何を探ってる。俺たちの邪魔をするつもりじゃないだろうな」

「よして下さいよ。有馬様の手下同士《てか》、いがみ合うのはよしやしょう」

「俺は手下ではない。こっちが洗ってやったのだ」

「だから、そういう……まあ、いいや」

次郎吉は気を取り直したように、

「旦那も感じたように、英之輔のことが気になりやす。あっしは、なんとか表に出るように仕向けてみやすよ」

と強い意志で頷くと、ピチッと池の鯉が跳ねた。

そんなふたりを――。

自室に戻ったはずの杉野が、柱の陰から、憂《うれ》いを帯びた目で見つめていた。

三

その夕暮れのことである。杉野の方から、十兵衛を訪ねてきた。谷中富士見坂《やなかふじみざか》の店にである。

ふいをつかれた感じで、十兵衛はわずかに戸惑ったが、

「おまきさんに聞いたのだ。それに……榊原殿にもな」

言い訳めいていたが、杉野は何か強い意図《いと》があるようで、目には物凄《ものすご》い力があった。楽隠居《らくいんきょ》という顔ではない。やはり評定所《ひょうじょうしょ》も担《にな》う三奉行のひとつを勤め上げただけに、威風堂々《いふうどうどう》たる姿であった。

「月丸殿は碁《ご》をよくすると聞いたが、ひとつ手合わせを願いたい」

「いえ、ヘボですのでね。それに、碁を打ちながら話をすれば、ついつい本音《ほんね》が出てしまう。人柄も考え方もバレてしまいますからな。遠慮しておきましょう」

「よほど人に裏切られて来たのだな」

「そういうことです……」

「榊原殿の話では、一銭にもならぬことに首を突っ込んでいるそうだが、此度《こたび》の一連

の殺しについて調べているのは何故《なぜ》でござる」

「………」

「答えられぬ訳《わけ》でもあるのかな」

半《なか》ば強引《ごういん》に問い詰める杉野の態度には、やはりまだ奉行であったことや、大身の旗本である誇りや気概《きがい》が残っているようだ。

「私はね、月丸殿……これまで旗本として、幕府のために忠心を誓《ちか》って働いてきた。最後は財務に関わる仕事でしたが、本来、旗本は民を守るためにある」

「でしょうな……」

「幕臣ゆえ、公儀のことを第一と考えていると誤解されているが、ほとんどの旗本は天下国家の安寧秩序《あんねいちつじょ》を守り、領民や江戸町人が平穏無事に暮らせるために、毎日、汗を掻《か》いているのですぞ」

聞いていた十兵衛は辟易《へきえき》として、

「当たり前のことを言われても困りますな。役人は、人の役に立つから役人というのでしょう。俺は浪人ですから、こうして、洗い張り屋をして糊口《ここう》を凌《しの》いでいる身。手を止めるわけにもいかぬので、話なら改めて、お願いできないでしょうか」

「改めて……」

少し不愉快な顔になった杉野に、小声で言った。

「坂の下の茶店に、あなたを尾《つ》けてきた者がいます。あ、振り返らないで下さい……奴は、目付の岡本謙之輔《おかもとけんのすけ》という者で、青木殿殺しを探っているのです」

「…………」

「娘の小夜さんが行方知れずになった後に、殺された青木喜三郎殿のことです……小夜さんについては、あなたも少なからず、関わっているのでは？」

「！……」

一瞬の杉野の動揺を、十兵衛は見逃さなかった。

「今宵、また屋敷にお訪ねします。その折に、私の狙いをお話ししますから、今は仕立物などを受け取る体《てい》でお帰り下さい」

「…………」

「岡本という目付はかなりの腕利きですから、気をつけて下さい。そして、これからは屋敷を離れるときは、家臣を連れた方がよろしいでしょうな」

十兵衛に促《うなが》されるままに、杉野は立ち去り、まっすぐ屋敷に帰った。

その夜は、気味が悪いくらい細い三日月が空に浮かんでいた。

また何か嫌な事件が起こりそうで、立秋《りっしゅう》が過ぎたというのに、生暖かい風が庭木の枝葉に吹いていた。

それに呼応《こおう》するように、軽く鼓の音が響いている。ポポンと手触《てざわ》りを確かめるような叩き方だった。離れには行灯《あんどん》がついておらず、微《かす》かな月明かりの中で鼓を打っているのであろうか。

「英之輔様は、いつもああして……?」

耳を澄《す》ましていた十兵衛が訊くと、杉野が呆《あき》れたように、

「ええ……困ったものだ」

「一度、お話ができませんかな」

「なかなか難しい奴で……でも、まあ何とかしなければならぬな……あらぬ疑いを持たれているのだからな」

杉野は改めて、十兵衛を見つめ、

「目付の岡本が、私を張っているのは確かなようだが、何故でござるかな」

「まず……飯尾一之進と日野祐平殺しについて、杉野様のご子息、英之輔様が疑われている……ということ」

「バカな……」

「ですが、それらしき者が殺しの場にいたのを見られております。そして、この屋敷

に帰って来るのも……見られております。夜な夜な出歩いていることは、杉野様も心配していたのでしょう?」

「…………」

「一度、きちんと調べた方がよいかと思いますな」

「それが……榊原殿の意向かな」

「私は別に、町方ではありませんし、公儀隠密でもありません。ただ、杉野様……あなたは亡き有馬伊勢守様同様、世に蔓延《はびこ》る悪は許せぬ気質《タチ》だと聞いておりました」

「有馬伊勢守……」

その名が唐突《とうとつ》に出てきたので、杉野は訝しげに目を細めた。もちろん、若年寄であった有馬が不逞《ふてい》な輩に急襲《きゅうしゅう》されて命を落としたことは承知している。だが、実は生きていて、密《ひそ》かに〝世直し〟をせんとしていることは、知る由《よし》もない。

「その杉野様が、一連の殺しについて知っていることがあれば、ハッキリと榊原様に話せばいいことではありませぬか? それとも、殺されたのが不良旗本だから、ご子息を虐めていたから、いい気味だとでも思っているのですか」

「……無礼を申すでない」

「言葉が過ぎたのでしたら謝りますがね、罪もない青木殿は殺されている」

「…………」

「そして、目付の岡本は、不良旗本どもが為《な》したことを揉《も》み消そうとしている。実につまらぬことだと思いませぬか」

十兵衛が問い詰めるように言うと、杉野は怒りを呑み込むように一息ついて、

「――榊原殿の話では……この前、不忍池であった日野祐平殺しの場に、鉄線紋の印籠が落ちていて、近藤辰馬のものと判明したそうな……」

「そのようですな」

既《すで》に十兵衛の耳にも入っていたことに、杉野は少し驚いたが、

「さよう……つまりは、近藤辰馬が疑わしいということだ」

「しかし、その印籠……実は、千鳥ヶ淵で編笠の侍に襲われたときに、紛失したものである旨《むね》、町奉行にも話したとか」

「そうなのか……？」

「ですから、後で拾った編笠の侍が、日野祐平を殺したときに使ったのかもしれませぬ。近藤辰馬の仕業に見せかけるために」

「ふむ……」

「それに、近藤辰馬はあの千鳥ヶ淵での一件以来、外には出ていないとか。父親の近

藤豊後守に強く命じられ、家臣を五人も張り付けられていたらしいですぞ」

「つまり、近藤辰馬のせいではないと？」

「ええ。一刻も早く、編笠の侍を探した方が、事件を暴《あば》けると、町奉行では考えているようです……その編笠と、この屋敷に逃げ込んだ編笠が同じでなければよいのですが」

含みのある十兵衛の言外《げんがい》の意味を、杉野は察して、

「月丸殿……おぬしもまた英之輔を疑っているようだな」

「そうではありませんが」

「――いや、そういう目をしている……」

杉野は深い溜息をついて、

「おぬしが、何処で何をしてきたかは、この際、聞きますまい。だが、妻や子くらいは、いたのではないか？」

「…………」

「別に答えなくてもよいが、子を持つ親の気持ちが分かれば、我が子に人殺しの汚名を着せられたりすれば、誰でも怒りが湧《わ》いてくるものだぞ」

じっと見つめる杉野に、十兵衛は小さく頷いて、

「俺にも妻子がおります……いや、おりました。そして、私自身が人殺しに仕立て上げられたこともあります」

「なんと……」

俄《にわか》には信じられぬという顔で、杉野は十兵衛の表情を窺《うかが》っていた。

「だからこそ、真実を見極めねばならないと思います」

「…………」

「よいですかな、杉野様……私が調べてみた感じでは、青木殿殺しと、他のふたつは手口が違う。だから、別々に考えねばなりますまい。だが、このままでは、いずれもが、あなたのご子息の仕業にされ、真実が消えてしまう」

「どういう意味だ」

「青木殿は、おそらく何らかの不始末によって殺された。近藤豊後守の手の者がやったと思う。まだ確たる証《あかし》はないが」

「理由は……」

「前にも言ったように、息子の不祥事《ふしょうじ》の口封《くちふう》じです」

「他のふたりについては」

「何だか、心の奥で怒りを潜《ひそ》めていたものを、怨念《おんねん》のようなものを、一気に晴らした……そんな気がするのです。太刀筋から」

「そうか……おぬしほどの使い手となれば、そんなことまで分かるのか……」

杉野は十兵衛の剣術など、一度も見たことがないはずだ。しかし、その立ち居振る舞いから、すべてを見抜いたように語った。

「そういう杉野様こそ、かなりの手練《てだ》れではありませぬか」

と十兵衛は冷静に見つめ返した。

四

おまきが杉野の屋敷に呼ばれたのは、数日後の夜のことだった。

娘のお静の行方について分かったことがあると、家臣の村上《むらかみ》に呼び出されたのである。おまきは恐縮《きょうしゅく》をしていた。座敷には、高膳《たかぜん》が用意されており、煮魚や炊き込み飯などがあって、酒も添えられていたからだ。少し酒を口にしてから、

「――今日は鼓の音がしませんね……」

と、おまきが訊くと、杉野は溜息《ためいき》混じりで、

「うむ……そなたも気づいておるやもしれぬが、英之輔は……」

その日によって気分が違う。それほど安定をしていないのだろうと、おまきは察した。ただ、どうして自分が呼び出されたのかが、よく分からないでいた。

「申し訳ありません。町人の身で、お旗本のお屋敷に来て、このような……本当はあってはならないことです」

「………」

「主人はもう半ば諦《あきら》めています……私が後妻で、お静は連れ子ですから、さほど可愛くないのだと思います。ですが、元勘定奉行の杉野様と縁があって、一緒になって探してくれていると話をしたら、大喜びで……」

「大喜び？」

「はい。おつきあいができれば、商売上、旨味《うまみ》があるとでも勘違いしたのでしょうか……儲け話しか頭にはないのです。私は、お静のことがこんなに心配なのですが」

「心中を察する……ま、私としても、あなたのような気品ある女性《にょしょう》と、こうして一緒に夕餉《ゆうげ》を取ることは、実は楽しみでしてな」

「そんな……」

「息子はああだし、ひとりで食べる飯は不味《まず》いものでね。こんなつまらぬ隠居に付き合わされる、あなたはたまったものではないだろうがな」

「そんなことはありません……恐縮しております」

目を伏《ふ》せたおまきを、杉野はしばらく見つめていた。年甲斐《としがい》もなく恥《は》じらいを感じたという顔になったおまきに、

「実は……お静さんらしき人を見たという者がおったのです……ええ、うちの家臣にも色々と探させていたのですが……」

「本当ですか」

「ああ」

「それは、どういうお人なんですか」

そのとき——ポンと狐が鳴くような声がした。鼓であることはすぐに分かったが、ふたりとも微動《びどう》だにしなかった。いや、杉野の目だけが、異様なまでに憎しみを放っていたが、伏し目がちのおまきは気づいていない。

「……娘さんはおそらく、昨夜《ゆうべ》、うちの蔵の中で見つかりました」

「え……」

一瞬、どういう意味か分からず、おまきは目を向けた。ギラついている杉野の目に、おまきは身を竦《すく》めたが、

「ど、どういうことでしょうか……」

「私にもよく分からぬがね……すでに骨が見えるほど、腐敗《ふはい》していたので、そのままうちの菩提寺《ぼだいじ》の墓地に葬《ほうむ》ってあげました」

「な、何のお話です」

「これでしょ……娘さんの着物と帯……」

杉野は立ち上がると、部屋の片隅にある行李《こうり》を引きずってきて、開けて見せた。そこには鮮《あざ》やかな菖蒲《しょうぶ》の花柄の着物と銀色の鳥の紋様《もんよう》をあしらった帯があった。

「——あ、これは……！」

凝然となって言葉に詰まったおまきに、杉野は鈍色《にびいろ》の目で、

「悪いのは、おまえの娘だからな……英之輔をたぶらかしたお静がいけないのだ。制裁をされてしかるべきことを、お静はしたのだ……あいつらと組んでね」

「杉野様……一体、何なんですか……私、なんだか恐い……娘は……」

と言っているおまきの目がとろんとしてきて、体も崩《くず》れた。そのまま前のめりに倒れるのを、杉野は助けもせずに囁《ささや》いた。

「せっかく、あの悪旗本から、英之輔はお静を助けてやろうと思ったのに……裏切ったのだ。そして、お静は近藤に取り入った」

「分かりません……何のことだか、私には……！」

倒れ伏したまま、おまきは目を閉じて寝息を立て始めた。酒に眠り薬でも入っていたのであろうか、すうっと眠りに入った。

その顔を見て、杉野は不気味な笑みを浮かべていた。


どのくらい時が経《た》ったのか――。

おまきが目覚めたのは、薄暗い土間だった。天井近くにある明かり取りの窓から、蒼い月光が差し込んでいるが、埃《ほこり》と黴《かび》の臭《にお》いが充満《じゅうまん》している蔵の中である。

うつろな目で見廻すと、さして荷箱などはなく、がらんとしていた。ただ、天井から下がっている綱や鎖を見上げて、折檻《せっかん》部屋ではないかという考えが脳裏《のうり》を巡《めぐ》った。

「あっ……」

頭がくらくらとして、立ち上がろうにも、手足が縛られていた。猿轡《さるぐつわ》は嚙《か》まされていないが、とんでもない目に遭《あ》っていることに恐怖が蘇《よみがえ》った。

ふと土壁を見やると、杉野に見せられた着物と帯が、これ見よがしに衣桁《いこう》に掛けられてあり、淡い月光を浴びている。

「！――お静もここで……どうして……」

おまきに思い当たる節はなかった。人違いではないかと感じていた。お静は生まれつき大人しい気質で、不良旗本などとは縁があるはずもなく、ましてや英之輔をたらし込むなどということをするはずがない。
——杉野は勘違いをしている。

おまきにはそうとしか思えなかった。悪夢でしかないこの状況を誰にどう伝えて、
助けて貰うのかという考えも浮かばなかった。
そのとき、表扉がガタガタと音をたてたが、開く様子はなく、押し殺したような問
答を繰り返す声が突然、戸外《こがい》で沸《わ》き起こった。
「何をするか、英之輔ッ……今、その女を解き放てば、おまえの悪事が露見《ろけん》するのだ
ぞ。さすれば死罪は免れぬ。それどころか、杉野の御家は断絶だ」
「でも、父上……」
「黙れ、黙れ。おまえがだらしないから、かようなことになったのだッ。愛《いと》しい女を
奪《うば》われた悔《くや》しさは分かる。だが、これ以上の無理無体《むりむたい》は通らぬぞ。町方は、あのふた
りを殺した咎人《とがにん》として、おまえを捕らえようとしている……目付ももう庇《かば》いきれぬと
思ったのであろう。じわじわと私にも及んで来ておる」
「ですが……」
「お静さえ、あんなことをしなければ、おまえは人殺しにならずに済んだかもしれぬ。

だが、あの娘は悪い女だったのだ。未練《みれん》なんぞ断ち切れ。ましてや、人殺しを重ねるな」

「私は……近藤だけは許せませぬ……」

押し殺した声は英之輔であろうが、父子のやりとりを、おまきは恐怖の闇の中で聞いていた。下手《へた》に声を出せば、自分はすぐさま殺されるかもしれない。目を閉じて、耳だけを澄ませていた。

「近藤辰馬ならば、私がなんとでもしてやる。だから、おまえはもう手を出すでない」

「父上……」

「分からぬのか、英之輔。この父の思いが……できることならば、この手で即刻《そっこく》、斬り捨てたいところじゃ。だが、できぬ……おまえを斬ることなど……」

「……」

「そもそも、おまえが悪くはないと承知している。無念だということも、痛いほど分かる。だが、ここは我慢をしてくれ。杉野家のためだ。よいな。本来なら、武士として潔《いさぎよ》く切腹をしてもよいところだぞ」

「ならば、せめて最後に近藤を……！」

「ならぬ。断じて、ならぬぞ、英之輔。これ以上、杉野家に恥をかかせるな……おい、英之輔、何処へ行く。待て、これ待て、英之輔。ならぬ、ならぬぞ！」

呼び止める杉野の声と足音が遠ざかったが、おまきの心の中のざわめきは治まることがなかった。

だが、ひょいと体を動かしたとき、後ろ手に縛られていた縄が緩《ゆる》んだ。激しく体を揺すっていると、はらりと解《ほど》けた。そして、足首を縛られている縄も外すと、表に出ようとしたが、外から施錠《せじょう》されているのであろう、びくともしなかった。

天井に近い明かり窓からは逃げられそうにない。しかし、闇に慣れて奥を見やると、小さな扉がある。茶室の躙《にじ》り口《ぐち》のようなものだが、あまり期待をせずに近づいてみると、引き戸になっていて、裏手に出られるようになっていた。

「！……」

おまきは覚束《おぼつか》ない足取りながら、そっと裏庭に出ると、そこから細い塀《へい》の間を抜けて、路地に出られるようになっているのが分かった。まるで、ここから逃げろとでも言っているような造りに、却《かえ》って不安を感じたが、人の気配《けはい》はない。

——今だ……。

心の中で叫《さけ》びながら、おまきは路地まで一目散《いちもくさん》に駆けた。

辻灯籠《つじどうろう》は消えていたが、ずっとその先にある自身番の明かりが見える。地獄に仏を見た如《ごと》く、おまきは振り返ることなく、懸命に走るのであった。

五

近藤豊後守《ぶんごのかみ》の屋敷の表門が開き、数人の家臣を引き連れて近藤辰馬が出てきたとき、土下座をして待っている町方同心がいた。久保田である。

「なんだ、おまえは」

家臣のひとりが、まるで足蹴《あしげ》にするかのように近づくと、

「辰馬様に、お願いがあって参りました。これは、北町奉行榊原様からのお願いでもございまする」

「またか。なんじゃ」

うるさそうに辰馬は仁王《におう》立《だ》ちで訊いた。

「お屋敷からお出になるのは、お控え下さいませ。辰馬様に怨《うら》みをもって、お命を狙って来る輩がいるやもしれませぬ」

「捨て置け。こっちにはかように護衛がついておる」

「しかし、飯尾一之進様と日野祐平様を一太刀で仕留めた手練れでございます。万が一、御身に何かございましたら……」

「黙れ、不浄《ふじょう》役人めが。どけい！　おまえらは、町人を心配しておればよいッ」

久保田を避けて行こうとしたが、さらに下がって頭を伏せて、

「お願いでございまする。どうか、どうか」

「くどい。どけい！」

「下手人は、杉野英之輔殿……でございます」

久保田が声を強めて言うと、辰馬は思わず固い表情になって見下ろした。何も言わずに、久保田が次に何を語り出すか、聞いてみたいという顔になった。それをチラリと見上げて、すぐさま久保田は、昨夜、杉野の屋敷から逃げてきたおまきが聞いたことを伝えた。

そして、英之輔はそのまま屋敷から出て、辰馬を討つために身を潜めているかもしれないと訴えたのである。

「それがまことだとして、相手はひとり。返り討ちにしてくれるわい」

「事は……そこで終わりませぬ」

「どういう意味だ」

「英之輔殿は、あなたと殺されたふたりから、執拗《しつよう》に虐めにあっていたそうですね。そして、千鳥ヶ淵である娘を陵辱したようなことを、何度も繰り返していた……その中に、お静という町娘もいた」

「…………」

「だが、英之輔殿は、その娘に惚れていたから、懸命に止めた。いえ、この話は、おまきからではなく、別件で私たち町方が探索したことでございます。そのことと、おまきが昨夜、聞いた話が符合《ふごう》するので、是非にとも、辰馬様にお話を聞きたいと、榊原奉行が求めておいでです」

「知らぬ、知らぬ」

やはり面倒だという顔になった辰馬は、吐き捨てるように、

「お静という町娘なんぞも知らぬ。そもそも、日野祐平を殺した輩は、俺のせいにしようと、印籠を、その場に投げ捨てたそうではないか。そんな姑息《こそく》なことをする奴こそ、捕らえて始末したらどうだ」

「――おや……？」

久保田は不思議そうに顔を上げて、背を伸ばした。

「今、印籠とおっしゃいましたが、不忍池の出合茶屋にあったものは、千鳥ヶ淵に落

ちていたものだとのこと……ということは、辰馬様はやはり、殺された他のふたりと一緒にいたのですね」

「！……」

「だとしたら、それこそ一度、きちんとそのときの様子を話していただきたい。さすれば、その折、飯尾一之進を一刀のもとに斬った者が誰か探せます……顔はご覧にならなかったのですか」

探るような上目遣《うわめづか》いで見る久保田から、辰馬は目を背《そむ》けて、

「編笠で顔なんぞ見えなかった」

と思わず言ったが、シマッタという表情で唇を噛んだ。久保田は透かさず、

「なるほど。編笠でしたか……やはり、あなたはその場にいたのですね」

「…………」

「にもかかわらず、逃げ出して手を打たなかったがために、日野祐平様も殺される事態に陥《おちい》った……これで充分《じゅうぶん》、評定所扱いとなりましょう。後日、差し紙が来ると思いますが、その前に殺されることのなきよう、お願い致しますよ。でないと……」

「…………」

「全てが闇に葬られますからな」

野太い声で久保田は睨《にら》み上《あ》げてから、サッと身を引いて、相手に尻を向けないように気配りしながら、その場から立ち去った。

じっと睨み返すように、久保田が消えた路地を見ていたが、

「——気分を害した。今日の旗本寄合は行かぬ。やめじゃ、やめじゃ」

と屋敷の中に戻る辰馬を、家臣たちはすぐさま追いかけるのであった。

その日の夕暮れのことである。

近藤の屋敷から、こっそり出てきた辰馬が自ら提灯《ちょうちん》を手にして、番町から青山の方へ向かって歩き出した。

千鳥ヶ淵とは反対の方角である。当時、青山辺《あた》りは武家屋敷はあったものの、閑散《かんさん》とした所であり、その先の渋谷は水車小屋があるような田畑が広がる村だった。とある小さな人気のない神社の前で、近藤は周りを気にしながら佇んでいた。

時々、何かを確認するかのように、あちこちに目を配《くば》っている。

すると——。

狐火《きつねび》のような炎が上がって、小さな境内《けいだい》の裏手から、ひとりの男が現れた。編笠を被《かぶ》っており、炎の明かりで頬や顎の無精髭が見える。歩く姿が木立《こだち》に影となって映《うつ》っ

て、ゆらゆらと揺れていた。

　キイッと猿だか鳥だか分からぬ声が、深閑とした闇を引き裂いた。

「――英之輔、か」

「………………」

「屋敷への投げ文の約束通り、ひとりで来た。おまえの要求とは何だ。金か、それとも役職か……できるだけのことは叶えてやる。だから、これまでのことは一切、口外するな」

「さあ、どうするかな……」

　編笠は腰の刀に手をあてがった。思わず後退《あとずさ》りしながら、辰馬は言った。

「お静については、おまえにも落ち度がある。あんな金に目が眩《くら》むような町娘に、本気になるからいけないのだ」

「………………」

「しかも、おまえを売るような真似をして、俺に縋《すが》りついてきたから……だが、斬ったのは俺ではないぞ。一之進だ。俺は手を下していない」

「だが、命じた」

「おまえを思ってやったことだ。あんな尻軽女、どうせおまえを苦しめただろうよ」

「…………」

「もう一度、訊く。金か役職か。おまえの親父は隠居しておるゆえ、もはや何の力もない。それに比べて、俺の親父は、老中若年寄たちのお気に入りだ」

「下らぬ……」

「さっきから、ボソボソと喋《しゃべ》りやがって……そうか。そんなに俺が憎いか……ならば斬ってみろ。俺も負けはせぬぞ」

刀の鯉口を切った。それが合図のように、十人余りの黒っぽい着物に羽織の侍が、潜んでいた木陰から現れた。いずれも襷《たすき》がけで、必殺の構えである。

「英之輔。つまらぬことで、俺に逆らってしまったな」

「…………」

「この者たちは、俺の家臣だ……さあ、やってしまえッ」

辰馬が声をかけると、編笠に向かって一斉に斬りつけた。何人かが提灯を掲げて、的の編笠を見えやすくしている。

ブン、ブン——。

刀が空を切る音が続くのは、編笠をなかなか仕留められない証である。しかも、まったく刀を抜かずに、一寸を見切って避けている腕前は、只者ではない。辰馬の顔に不安が込み上げてきた。

「お、おまえ……英之輔ではないな……こんなに腕が良いはずが……」

思わず腰が引けた辰馬だが、

「怯《ひる》むな。斬れ、斬れえ！　早く斬ってしまえ！」

と叫んだとき、編笠が刀を抜き払って、家臣たちの小手や首、肩、膝《ひざ》などを、切っ先で小気味よく打ちつけた。そして、悲鳴を上げて境内から逃げ出す辰馬を追い詰めるや、背中から、

――バサッ。

一太刀、斬りつけた。

「うぎゃあ！」

悲痛に叫んだほどの傷ではない。掠《かす》った程度で、帯が邪魔になって斬り裂くことはできなかった。

編笠がもう一太刀浴びせようと振り上げたとき、前方にズラリと竹竿で掲《かか》げられた御用提灯が浮かび上がった。通り一面に、まるで壁のようだった。

「!?――」

目を凝らしたその先には、陣笠陣羽織の姿の榊原が差配を手にして立っている。配

下の同心の中には、久保田の姿もあった。

「北町奉行の榊原主計頭でござる。近藤辰馬殿に相違ありませぬな」

「なんだ……俺が何をしたというのだ……」

背中の痛みを忘れたかのように、必死に相手に食ってかかった。

「誰だと思うてるのだ。俺は……」

言いかけたが、江戸町奉行が直々《じきじき》に出向いてきたことに、今更ながら、辰馬は凝然となった。旗本としては自分の親父と同じ家格とはいえ、役職の方はやはり〝三奉行〟には劣る。わずかに意気消沈したところへ、

「それッ！」

と差配を振った榊原に従って、一斉に捕方たちが辰馬を捕縛《ほばく》した。

「よせ……俺が斬られかかったんだぞ……こっちが被害を被ったのだ……放せッ」

わめく辰馬に近づきながら、榊原ははっきりと言った。

「改めて、人殺しの吟味《ぎんみ》をするゆえ、大人しくされるがよかろう。身共が直々に取り調べた上で、評定所にて詮議《せんぎ》にかけることには、お父上も承知したぞ」

「え……」

「よろしいな」

榊原の険《けわ》しい目で見下ろされて、辰馬は悄《しょう》然《ぜん》と両肩を落とした。だが、我に返ったように辺りを見廻すと、編笠がいない。

「あいつは捕らえたのかッ。英之輔だ。奴も捕まえろ！　あいつが悪いンだ！」

「むろんだ。手配りは既に整えておる」

毅《き》然《ぜん》と言った榊原を、辰馬は見上げたが、釈《しゃく》然《ぜん》としない表情である。どこまで往《おう》生《じょう》際《ぎわ》が悪いのか、引っ立てられながら、ならず者のように叫び通していた。

六

根《ね》津《づ》神社参道前の『蒼月《そうげつ》』という小料理屋に、杉野が姿を現したのは、翌日の日暮れのことだった。ここも、〝洗い屋〟たちの寄合《よりあい》場所ということは、誰も知らない。そこに、杉野が来たのは他でもない。

――息子の英之輔を洗って欲しい。

との願いを伝えるためだった。

すでに二階の座敷には、半次と菊五郎、そして、さつきが集まっていた。だが、この場に、十兵衛はいなかった。

「誰に聞いて、俺たちのことを知ったか、それを聞こうか」

半次が大きな体を揺さぶって、事と次第では、ここで始末するとでも言いたげに、指の骨を鳴らした。

「私も旗本の端くれだ。それなりの伝手《つて》はある……言わぬが花であろう」

「〝洗い屋〟には身分だの金持ちだのってなあ、関わりねえからな」

「承知しておる。とりあえず、半金でしたな……」

杉野が切餅《きりもち》を差し出すと、さつきがすっと手を伸ばして受け取り、

「で、お旗本のあんたが、なぜ洗って貰いたいんだい？」

「私ではない……息子の英之輔をだ」

「おや、子供かい。どっかで聞いたことがある話だねえ」

「青木殿のことを言うておるのかな。その娘御もおそらく、おぬしたちが……」

探るように見たとき、菊五郎が訊いた。

「金を出しゃいいってもんじゃねえが、まあ話くらいは聞いてやる。どうして、あんたの倅を洗わなきゃならないんだ」

「実は……英之輔は人殺しの嫌疑《けんぎ》がかかって、お上から追われている」

「そうらしいな」

「知っておるのか」

「依頼人のことくらい、事前に調べる」

「ならば、話が早い。ご公儀は嫌疑をかけているが、英之輔はやっていない」

「だから、洗えと？」

「そうだ」

「やってないなら、評定所の吟味でそう言えばいい話じゃないか。逃げることはない。それに、俺たちは〝逃がし屋〟ではないから、たとえ嫌疑がかかっているだけだとしても、ハッキリするまでは、洗わないよ」

「そこを何とか……」

「ならねえな」

きっぱりと菊五郎は返してから、

「昨夜も、英之輔らしき奴が近藤辰馬を呼び出して斬り殺そうとしたが、すんでのところで、お奉行の榊原様自らが出向いて、捕らえたとか」

「さよう……」

「だがよ、知ってのとおり、捕らえたのは近藤の方で、英之輔の方は逃げてしまった。今、何処にいるのか、あんたは知ってるのかい」

「むろんだ。洗ってくれるというのであれば、その所在《しょざい》を教える。だが、できぬのであれば、答えられぬ。お上に届けられては、元も子もないゆえな」

「ならば、洗ってやってもいい……ただ、頭《かしら》も承知しねえと、話は流れる」

「頭……？」

「ああ。あんたもよく知っている奴だ」

今度は半次が言うと、襖が開いて、十兵衛が入ってきた。

「!?……」

杉野は凝視したまま、

「月丸殿……ほう、あんたが……やはり、そうだったか」

「やはり、とは？」

「なに、私の動きをすべて知っているとすれば、おぬしか……中間の次郎吉とやらしかおらぬのでな。屋敷に現れたときから、怪しいと思っていた」

「言っておくが、あの次郎吉は町奉行榊原の手先であって、俺たちとは、ちと違う」

「ちと……」

首を傾《かし》げる杉野の前に、十兵衛はきちんと座ると、

「前にも言ったが、かなりの腕前でござるな。だが、目の前で見たのは初めてでし

た」

「………」

「聡明《そうめい》で、腕利きの杉野様ならば、すでに勘づいていると思うが、昨夜、青山の外《はず》れにある神社に、榊原奉行が直々に現れて、近藤を捕縛したのは、次郎吉があなたの行いを全《すべ》て見ていたからだ」

「………」

「もう言わずとも分かりますな」

「一向に……？」

「最後まで、俺に言わせたいなら、それでもいい……」

十兵衛は相手を見据えたまま、

「昨夜の編笠は、英之輔様ではなく、あなた自身だ」

「………」

「いや、昨夜だけではない。千鳥ヶ淵で飯尾一之進を斬ったのも、不忍池で日野祐平を殺したのも……」

「この私が、英之輔になりすまして、殺していた……とでも言うのか」

「さよう」

しっかりと頷いて、十兵衛は続けた。

「実は昨夜、あの場所には俺もいたのだ。捕方《とりかた》に紛《まぎ》れてな」

「！……」

「つまり、あんたは次郎吉につけられ、屋敷に戻って……日野祐平を斬った晩のように、小芝居をしながら、自室に戻った」

屋敷にそっと戻ってきた杉野は、離れの英之輔の部屋に行き、付け髭と着物を脱ぎ捨て、母屋と厠《かわや》を繋ぐ裏の渡り廊下から、自分の部屋に戻った。

「家中の者や中間に気取《けど》られないように、注意を払いながら、わざわざそのようなことをするのは……あなた自身が病《や》んでいるからだ。そうでしょう」

追及するように言う十兵衛に、杉野はわずかに怒りを含んだように目を細めて、

「病んでいる……だと？」

「違いますかな」

「…………」

「家臣の中でも、その性癖《せいへき》を知っていたのは、村上という者だけ……今頃は、あなたが斬り損ねた近藤辰馬のことで、奉行所に出向いているはずだ」

杉野は思わず唇を噛んだ。それへ、畳みかけるように、十兵衛は言った。

「夜な夜な、屋敷の外へ出かけていたのは、あなた自身……そして、いかにも英之輔様が部屋にこもりっきりのように、鼓を叩いていたのは、村上殿……違いますか？」

「………」

しばらく黙っていた杉野だが、吹き出すように笑い出して、

「フハハ……私が英之輔のふりをして、何のためにそんなことを……」

「仇討ちをするためですよ、息子の！」

十兵衛は語気を強めたが、杉野は狼狽《ろうばい》するどころか、大笑いをした。いや、大笑いは動揺を隠すためのものかもしれない。

「要するに、あなたは自分の息子のふりをして、息子を虐めていた不良旗本を次々と殺した、ということだ。もっとも、近藤辰馬だけは討ち損ねたがな」

「――それは……」

何か言いかけた杉野だが、苦笑《くしょう》に変わって口元を歪《ゆが》めた。

「だが、分からないのは……何故、あなたが、〝洗い屋〟なんぞに息子を洗ってくれと、頼みに来たか、だ……危ない橋を渡ってまで、何故に……」

「危ない橋……？」

「そうではないか。自分が人殺しだということが、バレるかもしれぬ」

「…………」

「放っておけば、家臣の村上の言い分にも、知らぬ存ぜぬを通すことだってできるのに、わざわざ……わざわざ、いもしない……息子を洗ってくれと願うのは、どうしてなのか」

「月丸殿……何の話か……」

「この期《ご》に及んで、まだ言い訳をするつもりですかな。それでは、何もしていないと逃げてばかりの近藤と同じだ」

「…………」

「答えぬのなら、あなたの真意を話してみせましょうか。その代わり、この場から帰れないかもしれませぬぞ」

十兵衛は鋭い目つきになって、

「息子の英之輔は……ずっと前に……お静が死んだのと同じ頃に、おたくの屋敷の中で死んでいる」

と明瞭《めいりょう》な声で言った。

その言葉には、半次たちもエッと驚きの顔になった。てっきり、引きこもりの息子に成り代わって、酷《ひど》いことをしてきた旗本の子息を成敗《せいばい》したのだと思っていたからだ。

もっとも、成り代わってというのは、その通りだ。あの連中に鉄槌《てっつい》を下《くだ》してきたんですからね……」

「あなたは、死んだ息子が生きているふりをしながら、あの連中に鉄槌を下してきたんですからね……」


「…………」

「おまきさんを、屋敷内の蔵の中に閉じこめてまで、英之輔と話をしている芝居をしたのも、息子が生きていて、人殺しを繰り返していると思わせるためだった」

「…………」

「もしかしたら、そのおまきさんを逃げやすくするために、縄も緩く縛っていたのではありませぬか……息子が生きている話を、奉行所でしてくれれば、町方もその線で探索をするであろうからな。さすれば、あなたへの疑いもなくなろうというもの。その上で……」

前のめりになって、十兵衛はさらに声を強め、

「残りのひとりである近藤辰馬を仕留め、そのまま英之輔は姿を消す……という筋書きを作った。さすが新陰流免許皆伝《しんかげりゅうめんきょかいでん》の腕前。なまくら剣法の奴らでは相手になりますまい。見事な太刀捌《たちさば》きでござった」

尊敬するような言い草をしながらも、まったく隙《すき》を見せない十兵衛を、杉野は瞬《また》き

もせずに見つめていた。

「だが、仕留めることはできなかった」

「ふむ……町方の目の前で斬り倒してやろうとは思ったが、榊原奉行が直々に現れるとまでは……あれは誤算だった」

「認めるのですな」

十兵衛が念を押すと、杉野は観念したように頷き、

「榊原様があの場で取り押さえなかったのは……あなたの腕前を知っているから、同心や捕方に怪我をさせたくなかったという思いもあろうが、何より、あなたの面子《メンツ》を保《たも》とうとしたのではあるまいか」

「私の面子……」

「武士としての処し方を心得ていると、榊原様は信じていた節がある」

「――武士としてのな……ふう……」

深い溜息をついて、杉野はゆっくりと目を閉じた。そして、おもむろに脇差に手をあてがうと、淀《よど》みのない動きで抜き払って、自分の腹を突き刺そうとした。

だが、一瞬早く、十兵衛の腕が伸びて、杉野の手を押さえつけ、ねじ伏せた。

「死ぬのは勝手だがな、まだ聞いておらぬ……何故、すでに死んでいる息子を〝洗

え〟と頼みに来たのか」

「………」

「〝洗い屋〟の仕業にして、行方知れずにしてしまえば、お上も諦《あきら》めると考えたか」

「ふん……」

杉野は鼻で笑うと、

「本当に息子を〝洗って〟欲しいときに、おまえたちが無下《むげ》に断ったからだ」

「俺たちが……？」

「あのとき……洗ってくれていれば、英之輔もお静も死なずに済んだかもしれぬ……青木の娘の小夜のようにな……ああ、青木に〝洗い屋〟という輩がいると教えたのは、この私なのだ……」

俄に悲しみを帯びた目になって、杉野は淡々《たんたん》と全てを吐露《とろ》するように語り出した。

七

評定所の裁定により、大目付、目付が立ち会いの下、杉野が屋敷内にて切腹をしたのは、その三日後のことであった。

いずれ、近藤辰馬を斬り倒した後は、割腹《かっぷく》をする覚悟はあったから、潔《いさぎよ》い最期だった。だが、心残りは、

――近藤家と飯尾家、そして日野家はどうなるのか。

ということであった。

杉野家を予《あらかじ》め親戚に継がせていたのは、いずれこういう結末になると杉野には分かっていたからである。だが、評定所の判断では、虐めをした不良息子の旗本家の存《そん》続《ぞく》までには触れなかった。

それどころか、近藤辰馬は町奉行所預かりで、吟味がされたものの、いかなる事件に関しても、直《じか》に手出しをしたという証拠がなかった。

ゆえに、死罪などの極刑に付せられることはなく、御家預かりとなった。一連の事件に、少なからず関与したことは疑いはないのだが、飯尾一之進や日野祐平は杉野に殺されたために証人はいない。そして、小夜やお静のように、被害に遭った女もいなくなっていたから、事実上、お解き放ちになったのである。

「てことは、十兵衛の旦那……」

半次は釈然としない顔で、町奉行所の裁決を非難した。

「近藤辰馬はお咎めなし、その親たちにも何ら制裁はないのですかい」

いつもの『宝湯』の二階である。十兵衛はあぐらを掻いて一杯やりながら、

「そういうことだ」

「なんだか、釈然としやせんね。これじゃ、一番、処刑したい奴が残ったってことになりやしやせんか」

「悪い奴が生き残る。そんなものだ」

「十兵衛の旦那……妙に冷《さ》めてるが、もしかして何か企《たくら》んでやすね？」

「いや、何も」

「水臭いことを言いなさんなよ。長い付き合いだ。それくれえ分かりやすよ」

「ふむ……」

十兵衛が杯《さかずき》をぐいぐいと重ねると、半次は黙って、それを見ていたが、

「そういや……杉野様が切腹をした後、有馬様の使いが来やしてね、こんなものを」

と立ち上がって、手文庫から一枚の書き付けを出して手渡した。

十兵衛が開くと、そこには、

――洗われ人《にん》……近藤豊後守、辰馬父子。

とだけ墨書されていた。

「洗われ人……」

ぽつりと呟く十兵衛に、半次は訊いた。

「俺たちだって、めったに使わない言葉ですがね。その昔は、〝洗い屋〟が強引に洗う相手のことを、〝洗われ人〟と呼んだそうだが、本当ですかい」

「…………」

「もし、そうなら、この父子を洗わなきゃいけない理由がいる。有馬様と会って、その真意を確かめなきゃならないんじゃ……」

半次が話しかけたとき、菊五郎とさつきが入ってきた。すると、十兵衛は正座をして、三人を前にして険しい顔になった。すぐに、菊五郎は察したようで、

「旦那……有馬様の下で働くってことだけは、勘弁して下せえよ」

「それだがな……」

「何度も繰り返してきやしたが、俺たちは誰からも縛りを受けねえ。だからこそ、間違った道に進まずに済んだ。これが、たとえ幕閣《ばっかく》ではなくなったとはいえ、有馬様のような人に仕えるような形になると、嫌なことでも引き受けなきゃならねえハメになるだろうし、誤った判断でも強《し》いられることになる」

「心配するのは分かるが、菊五郎……まあ聞いてくれ」

十兵衛は酒膳を傍《かたわ》らにやって、今一度、みんなを見廻した。

「先に言っておくが、俺は有馬様に〝仕える〟気もなきゃ、言うことを聞く気もない」

「だったら……」

「しかしだ。世の中、シックリこないことも多々ある。此度の一件もそうだ。事の善悪を見極《みきわ》めるのは難しいが、法が及ばぬところで、のうのうと生きている者たちがいるのもたしかだ」

「それが仕組みだから、しょうがあるめえ。そんなのを一々、始末してたら、キリがないだろうぜ」

「だが、目の前の阿漕《あこぎ》なことを捨て置くのも寝覚めが悪かろう。正義面する気はさらさらないが、町奉行の榊原が片付けられなかったことを、洗い直してやるのもまた、俺たち〝洗い屋〟の務めだと思うがな」

「言うは易《やす》しだよ」

　さつきが口を挟《はさ》んだ。

「これまでと違って、私たちは明らかに目をつけられてる。目付の岡本……そして、近藤家の家臣たち……怪《あや》しげな輩が密かに関わっていると見て、正体を暴こうとしてる。前にも言ったけど、私の身辺にも……」

「だからこそ、やるんだよ」

「目付の岡本は当初、旗本のバカ息子たちを取り締まるために動いていたと思っていたが……どうやら、揉み消すためだった。そして、当の近藤豊後守と辰馬の父子は、これ幸いと素知らぬ顔で幕引きをしようとしている」

「近藤豊後守が何か悪いことでも？」

「あんなバカ息子をほったらかしにしていただけでも、親の罪だと思うがな。自分が手出しをしていたのがバレていないだけで、武家娘や町娘を陵辱し、逆らった者はその都度《つど》、殺して葬った疑いがある。いや、疑いではない……事実だが、証拠がないだけだ」

「証拠がないのに、事実と言える訳は」

「神隠しとして、いなくなった娘たちを調べてみた……必ず近藤辰馬と出かけたり、呼び出されたりした後だ……むろん、これとてハッキリした証があるわけではないが、実は殺された日野祐平が、克明《こくめい》に日記にしたためていたのだ。それを死後、近藤が葬った」

「…………」

「日野祐平の父親、日野日向守は立場上、やむを得ず近藤豊後守に渡した。自分の息子の罪も記されていたからだ……だが、後になって日野日向守は、祐平が殺されたことを悲しみ、日記の返還を求めたが、既に焼き捨てたとのこと」

「そんなことが……」

「悔やんだ日向守は、事実を老中に訴え出たが、『幕府が与かる事案ではない』と突っぱねられた。それどころか、目付の岡本も近藤と一緒になって、つまらぬ失策《しっさく》をあげつらって日向守を追い詰めた結果……御家断絶となった。飯尾の家もそうだが、無頼に一刀で殺されたのは、旗本として恥じるべきことと、断じられたのだ」

十兵衛が少し興奮して滔々《とうとう》と話すと、半次が身を乗り出して、

「分かったよ、旦那……そういうことなら、俺たちだけで〝洗う〟なら、やってもいい。だが、その前に、有馬某《なにがし》が届けてきた、この文は関わりねえ。改めて、近藤父子のことをこっちで調べ直してからでも、遅くあるまいよ」

「むろんだ。しかし……」

わずかに前のめりになって、十兵衛は声を潜めた。

「俺たちには、目付の岡本と有馬の手下である香澄と次郎吉……こいつらの目が張りついていると心しておかねばならぬ。事と次第じゃ……」

「そいつらも、〝洗われ人〟に……」

「ま、そういうことだ」

十兵衛が頷いたとき、コトリと階下で音がした。またぞろ、次郎吉か香澄が忍び込んでいるのかと思ったが、

「おるか――」

と言いながら階段を上ってきたのは、有馬その人であった。

噂をすれば影である。半次、菊五郎、さつきはそれぞれ緊張して身構えた。今までの話も聞かれていたに違いあるまい。油断ならぬ奴だと、改めて思った。

「迷惑だったようだな。だが、そう毛嫌いするな」

有馬が微笑を浮かべると、半次が言った。

「その言葉も聞き飽《あ》きた。人の屋敷に勝手に踏み込んでくる。それが、あんたのやり方だってことも、よく分かったよ」

「怒るな怒るな。十兵衛から聞いておる」

「何を……」

「俺の配下になる気はないらしいから、それはそれでよい。こっちも、おまえたちに〝洗われた〟身分だ。五分と五分で付き合おうじゃないか」

「勝手なご託《たく》を並べやがって。ケッ」

半次が背中を向けると、有馬は刀を帯から外して腰を下ろし、

「明日の朝、流人船《るにんせん》が八丈島《はちじょうじま》に出る。その見届け人として、近藤辰馬が来るそうだ。役職でもつけておかぬと、またぞろバカ息子が何かしでかすと、親は考えて強引にはめ込んだのだろう」

「何が見届け人だ。そっちが送られる身のくせしてよッ」

「うむ。おまえたちが腹を立てるのはもっともだ。そして、父親の近藤豊後守の方は、同じ日に任地の長崎に向かう。長崎奉行はふたりいて、一年ごとに入れ替わることになっている。地元の役人と癒着《ゆちゃく》をさせぬためだ。それもまた、鉄砲洲《てっぽうず》から出る幕府の船にて向かうことになった」

「またぞろ、江戸から逃げるってか……益々《ますます》の、念の入りようだな」

菊五郎が吐き捨てるように言うと、有馬は意味ありげに微笑《びしょう》を浮かべたまま、

「かような良き日はあるまい。であろう、十兵衛殿」

と肩を叩いた。

「なるほどな……船出日和、か……」

十兵衛も何が可笑《おか》しいのか、くすりと笑った。

八

流人船を永代《えいたい》から見届けた後、近藤辰馬は家臣の沢木《さわき》とともに、鉄砲洲まで父を見送りに行くこととなった。

「なんとも哀れな奴らよのう……たかが五両ぽっちの盗みで流刑とは……」

辰馬は流人船を振り返った。

三百石の大きな船である。掲げている黒っぽい旗もあるし、遠目に見ても流人船と分かる。通常は、年に二度、往復するのだが、前回は嵐のため浦賀《うらが》で留《とど》まり、一年ぶりの出航となる。

「若……流人船を振り返るのはよくありませぬ……見送る者も本当は、別れを惜《お》しまず、背中を向けるのがよいとされております」

「何故だ」

「行く者には名残《なごり》を惜しませぬため。そして、見送る方は自分が災禍《さいか》から免《まぬが》れるため、とか……ですが、ああして、いつまでも見送る者は多いのです。今生《こんじょう》の別れですからね」

と家臣が見やると、竹矢来《たけやらい》の外からは、身内の者だろうか、大声で達者でなと叫ぶ者もいた。中には無罪なのにと悲しみに暮れている人もいたが、裁きがひっくり返ることはまずなかった。

二十年に一度咲く、御赦免花《ごしゃめんばな》を期待する者もいたが、それは奇跡としか言いようがなかった。芝《しば》の金杉《かなすぎ》から出た船は帰れる望みもあるというが、ここ永代《えいたい》から出ると二度と戻れないという。そもそも、島送りとは、原則は三十年程であるが、実質は終身刑のことである。九分九厘《くぶくりん》、帰還することはなかった。

もっとも、送られた先では、島役人のもとではあるが、自由に暮らすことができる。漁《りょう》をすることも農作をすることも勝手だ。逆に言えば、労役《ろうえき》はない代わりに、食うことはぜんぶ自分でしなければならない。牢屋敷《ろうやしき》で朝晩の飯が付いているわけではない。

島の者と夫婦になることも希《まれ》にあったが、生き地獄同然で、餓死《がし》する者も多かった。島抜けを試《こころ》みようものなら、その場で死罪だった。生涯、江戸の地や故郷を見ることはできなかったのである。

「たかが盗みで……ふん……」

辰馬が溜息をついたとき、目の前に黒塗りの武家駕籠《かご》が到着した。駕籠を担《かつ》ぐ陸《ろく》尺《しゃく》は、鉄砲洲まで運ぶという。

「聞いておらぬが……」

沢木が少し訝って、扉を開ける陸尺を止めたが、

「御老中よりの言いつけでございます。大切な近藤豊後守のご子息であらせられるので、事故のないようにお連れしろと」

「さようか……」

腰を屈《かが》めて、辰馬が乗り込み、駕籠が運ばれ始めると、家臣も同行した。

——ぐらぐら。

駕籠は意外と激しく揺れる。あまり乗り慣れていない辰馬にとっては苦痛に他ならなかった。思わず外に向かって、

「もそっと丁寧《ていねい》に担げ。尻や背中が痛い」

と声をかけると、

「承知いたしましてございますッ」

すぐに、陸尺たちの威勢の良い声が返ってきた。しばらくすると、すうっと流れるように静かになった。櫓《ろ》の音がして、波の音も心地《ここち》よく響き、日射しが強くなった。また海に近づいた証であろう。

心地よくなった辰馬は、扉を少し開けて驚いた。

すると、目の前が船縁《ふなべり》で、水面ぎりぎりを走っている。駕籠ごと小船に乗せられたようだ。不思議に思って覗《のぞ》こうとすると、後ろから船頭が声をかけた。

「危ないですよ、辰馬様。あまり身を乗り出すと、傾いて海へ落っこちます」

「——さ、沢木は……」

「沢木様は置いてきました。別に咎人ではありませんから」

「なに？……どういうことだ」

「咎人は、辰馬様ですので、ご家臣は船着場にて、お引き取り願いました」

声をかけた船頭は——菊五郎である。むろん、辰馬はその顔など見ることができないが、不安が込み上げてきたのであろう。

「誰だ、おまえはッ。俺を何処へ連れて行く気だッ」

「今しがた、あなたが見送った流人船と同じ行き先……ってのは如何《いかが》でしょう」

「ふざけるな」

「かつては、『流人船うたかた丸』というのがあって、多くの罪人《つみびと》が送られたとのことですが、まさにこの世は〝うたかた〟のようであったと嘆《なげ》き悲しむ人々の中には、八丈島に着く前に海に飛び込む者もいたとか……辰馬様はそんなことはせずに、生き長らえて下さいね」

「何を言ってるのだッ」

「生きていれば、また何処かで違う楽しみもあろうというものです」

「停《と》めろ。何処へ行くというのだ」

辰馬の叫びはしだいに悲痛《ひつう》になってきたが、そこから海へ飛び込む勇気はなさそうだった。金槌《かなづち》であることを、菊五郎は知っていたから、くっと笑った。しかし、確実に〝仕留める〟ためには、少々、乱暴も必要であった。

武家駕籠の天井から、バサッと水が落ちてきた。一瞬、驚いた辰馬が、すぐにヘナヘナとなって崩れた。強い眠り薬を溶《と》かしてあったのである。

どのくらい時が流れたか――。

長かったような気もするし、短かったような感じもする。が、頬に生《は》えている無精髭や月代《さかやき》に髪の毛が伸びているので、それなりの日にちが過ぎたのであろう。

海鳴りの音で目が醒めた辰馬は、ハッと目が覚めた。

陽《ひ》の光が異様《いよう》なほど眩《まぶ》しく、しばらく瞼《まぶた》をまともに開くことができなかった。

足下には波が押し寄せていて、ずぶ濡れになっている。しかも、褌《ふんどし》一丁の裸同然の姿であることに気づいた。辰馬は体中に痺《しび》れが広がっていて、ようやく立ち上がることができたが、倒れ臥していたのは岩場であり、目の前は辺り一面、白波が立っている大海原《おおうなばら》であった。

「――どこだ……」

ぽつりと呟いた辰馬は、一体、自分の身に何が起こったのか分からなかった。

そのとき、岩陰から大声が上がった。

「いたぞ！　向こうだ、向こうだッ。逃がすな、捕らえろ！」

数人の男たちが六尺棒を抱えて、駆け寄ってくる。脇差を腰に差して、檜笠《ひがさ》を被り、着物の裾は端折《はしょ》って帯に挟《はさ》んである。

「見つけたぞ、権六《ごんろく》。今日こそは、痛い目に遭わせてやるから、観念《かんねん》するんだな」

辰馬に近づいてきた役人風の男たちは、六尺棒を背中や肩に叩きつけて、

「分かったか！　島奉行の田上《たがみ》様は酷く怒っておられる。死罪も覚悟しとけよ」

「な、なんだ……」

辰馬は尻餅《しりもち》をついて、役人らしき男たちを見上げて、

「何の座興《ざきょう》だ。ふざけるのも大概《たいがい》にしろ」

と怒鳴ったが、潮風が強いせいか、声は嗄《か》れてしまった。役人たちに引っ張って立たせられた辰馬は抗《あらが》おうとしたが、ろくに力を出すこともできなかった。

「は、放せ……おまえらは何者だ……俺は旗本の近藤辰馬だ……誰か呼べ。町方の者でも構わぬ。さっさと、呼べい」

死力を尽くして叫んだが、それもまた明瞭《めいりょう》な声にはなっていなかった。

引きずって来られたのは、殺風景な高台の広場にある陣屋であった。陣屋といっても、庄屋の屋敷に毛が生えたような所で、石垣と柵で取り囲まれ、青々とした雑木が庭に生えていた。

広めの土間に座らされた辰馬は、必死に自分が誰であるかを訴えたが、誰も相手にしなかった。奥から、島奉行らしき裃《かみしも》姿の侍が出てきて、

「権六。またぞろ島抜けをしようとしたか……大概のことは大目に見てやったが、島抜けは極刑であること、知らぬわけではあるまいな」

「ま、待て……誰だ、権六ってのは……俺は旗本で長崎奉行の近藤豊後守が一子、近藤辰馬である。話の分かる者を出せ」

「近藤豊後守……とな」

「さよう。島役人か何か知らぬが、馬鹿げたことをしていると、おまえの首が飛ぶぞ」

「これは、これは……」

大笑いをした田上は、自分は島奉行だと名乗り、ここは御蔵島《みくらじま》であることを伝えた。

「御蔵島だと⁉」

島流しにされていることを、辰馬は気づいた。

大島や八丈島、三宅島《みやけじま》など伊豆七島が流刑地で、罪が重いほど遠い島に送られる。中でも、御蔵島は暮らしていくには、最低の島だったという。着《き》の身着《み》のまま置き去りにされる流人たちにとって、その島の気候や漁労《ぎょろう》、作物などが生きる糧《かて》になるが、御蔵島は断崖も多く、慣れぬ者には絶望的であった。

大抵は、島奉行の命令か籤引《くじび》きで、農民たちが何人か面倒を見ることになっているのだが、そもそも終身刑になるような悪事を働いて来ている者がほとんどだから、まともに相手にされるはずもなかった。

「よく聞け、田上とやら。俺は、近藤辰馬といって……」

「分かった、分かった。おまえもか、権六《ごんろく》。似たような者がいるものよのう。自分が旗本だと思い込んでおるバカが」

田上が言って顎《あご》をしゃくると、塀の外の小さな畑で、土を均《なら》している百姓姿の男がいた。髭も生え放題で、腰が曲がっているが、よく見ると、近藤豊後守ではないか。

「父上！　ち……父上ぇ！」

止めようとする役人を振り払って、思わず駆け寄った辰馬は、目の前の初老の男の両肩を抱え込んで、

「私です、辰馬です。父上、どうして、こんなことに！」

一瞬、誰だという顔になった近藤豊後守だが、目がきらりとなって、

「辰馬か……おお、辰馬か……助けに来てくれたか」

「何があったのです」

「わ、分からぬ……幕府船で沖合《おきあい》に出て、浦賀を過ぎた辺りで、座礁《ざしょう》をして、まごまごしているうちに、海賊のような者が現れて……儂《わし》だけが掴《つか》まり……気づいたら、褌一丁でここにおった」

「大丈夫です。こうして生きているのですから、あんな島役人如き、やっつけてやりましょう。さあ、父上」

と手を取って立ち上がろうとしたとき、辰馬は役人たちに羽交《はが》い締《じ》めにされた。

「権六並びに文吉《ぶんきち》。大人しくしておれば、食うには困らぬものを、これ以上、訳の分からぬことを言って逆らうのであれば、御定法《ごじょうほう》に従って、処刑する」

「放せ。俺が何をしたというのだ」

「数多くの女を陵辱して殺したということ、忘れたとは言わせぬぞ！」

田上が近づいて来て、笞《むち》を打ちつけた。

「そうだな、文吉！」

と同意を求めると、文吉と呼ばれた豊後守は、

「ああ、そのとおりだ。このバカ息子を庇うために、儂がどれだけ苦労したか、分かっておらぬのだ」

「では、権六の殺した女などを、人知れず始末したのは、文吉、おまえだな」

「随分《ずいぶん》と苦労した。ああ……お陰で、こんなことになってしまったのか……バカ息子めが。まったく、なんたる！」

愕然《がくぜん》と父親を見ている辰馬は、首を振りながら、

「父上、しっかりなされよ。これは悪夢だ……きっと悪夢だ……父上ぇ！」

と泣きじゃくるのを、島役人は陣屋の方へ引きずっていった。

怒濤《どとう》が島を取り囲んでいる。

抜けるような青い空は、無情なほど晴れ渡っていた。

第四話　命の一滴

一

京橋の表通りに面した一角に、『菊間屋《きくまや》』と大きな軒看板がある。

周辺の大店と比べても、一際、間口の広い油問屋である。常に問屋や行商、小売りの人々が出入りしており、奉公人たちも溌剌《はつらつ》とした態度で働いていた。店の周りには油桶がずらりと並んでいるが、それは油桶ではなく、町のための天水桶である。商売柄、火事にならぬよう強く心がけており、奉公人たちも毎朝、

「火の用心、家内安全、商売繁盛」

と唱えるように声を揃えて繰り返していた。第一は火の始末である。

その店の表に、数人の浪人が現れるや、いきなり、

「菊間屋の油は上物だ。臭いはないし、よく燃える。料理の油も長い間、使えるから無駄がない。さあさあ、買ったり買ったりイ」

朗々と大声で言って、まるで客引きでもするように手を叩き始めた。

近頃、あちこちの店の前で〝宣伝〟を装って、嫌がらせをしている浪人の群れである。食い扶持に困ってやっているのであろうが、タチの悪いのが多いから、揉め事になるのを避けるために、幾ばくかの金をやって立ち去って貰うことが多かった。

奉行所に報せても、すぐに同心は駆けつけて来ないし、自身番の番人くらいでは、

「町人ふぜいが何だ。斬り捨てるぞ」

とばかりに逆に脅される。その上、後で〝倍返し〟されるのがオチである。だから、適当な金銭で片を付けるのが、手っ取り早かった。だが、味をしめて繰り返す浪人が多く、便乗して真似をする輩も増える。まさに町のダニであった。

「さあさあ、『菊間屋』の油は江戸で一番だ。なめらかで色も綺麗で、上等だぞ!」

繰り返す浪人たちに眉を顰《ひそ》めた番頭の五兵衛《ごへえ》が、小判を二枚持って出て来て、丁重に腰を屈めて、

「ご浪人様方、どうかこれをお納め下さいまし」

と手渡すと、頭目格の浪人は当然のように受け取って、袖の中に仕舞った。

「拙者、桑原天膳《くわはらてんぜん》という越後《えちご》浪人。これはかたじけなく受け取っておく。折角だから、もう一声、かけておこう。さあさあ、江戸で一番の油問屋『菊間屋』の油は如何か！　こんな油はめったにないぞ！」

さらに朗々と声を上げると、他の浪人たちも続けて、大合唱になり、往来する人々は遠巻きに通り過ぎ、店の中にいた客たちも身に危険を察知したかのように逃げ出した。

「……こ、困ります、ご浪人様」

恐縮したように五兵衛が声をかけると、桑原は振り返って、

「何が困るのだ。俺たちは店のよい評判を客に伝えているだけではないか」

「そ、それが……却《かえ》って迷惑なのでございます」

「なんだと？　迷惑？」

俄に桑原の顔つきが変わった。元々、眼光の鋭い浪人だが、他の者たちも似たり寄ったりで、悪党面をしている。ぐるりと五兵衛を取り囲んで、

「こっちは店の宣伝をしてやってるのだ。そのために、おまえもこの金をくれたのではないのか。こっちは物乞いではないのだ。仕事をきちんとしてやってるのに、なんだ、その言い草は」

さらに語気を強めようとしたとき、店の中から、

「ちょいと、お待ち下さいまし」

と上等な正絹《しょうけん》の着物に羽織姿の女将が出てきた。年はまだ三十路《みそじ》前であろうか。きりっと逆立った眉に、すっと鼻筋が通った面立《おもだ》ちに、上背もある美形の女だ。

「この『菊間屋』の女主人《あるじ》の、美里《みさと》、という者でございます。見たところ、明らかに嫌がらせに過ぎません。まずは、お渡しした二両、返して戴《いただ》きましょう」

「本気で言ってるのか」

「うちは誰かに金を脅し取られるような商いはしておりませんので。五兵衛、私に相談もなしに、つまらぬことをしてはなりません。あなたからも返せと言いなさい」

叱りつけるように美里が言うと、五兵衛は意を決したように、

「相済《あい》みません。先程の二両を……」

「黙れ、下郎！　聞いておれば勝手なご託を並べおって。俺たちを物乞いどころか、強請集《ゆすりたか》りの類と言うのかッ」

「それ以外に何がありましょう。他の大店も困っておいでです」

「女だからって、調子に乗るなよ……これ以上、ガタガタぬかしやがると、店の油をばらまいて、火を付けてやるぞ」

「やれるものなら、やってみなさいなッ。付け火は天下の御法度。三尺高い所に晒されるのは、あんたたちの方ですよ！」

「おのれッ」

桑原がサッと刀を抜き払うと、他の浪人たちも一斉に抜刀した。さすがに、美里の顔も一瞬にして青ざめたが、五兵衛は必死に庇って立った。

そのときである。

「およしなさい。真っ昼間から、お武家様がすることではありませぬよ」

と言いながら近づいてきたのは、品のよさそうな四十絡みの旦那風で、屈強な手代をふたりばかり連れている。用心棒代わりであろうか、浪人たちよりも肝が据わっているように見えた。

「か弱い女を刀の錆《さび》にしたところで、武家の面汚しになるだけです」

「関わりない奴は黙っておれッ」

浪人のひとりが斬りかかったが、一瞬にして手代が柔術で投げ飛ばし、刀を奪い取った。その鮮やかな態度に、桑原はアッと刀を引くや、「面倒だ、行くぞ」と立ち去った。手代が投げ捨てた刀を、したたか背中から落ちた浪人は必死に拾って、仲間を追った。

「——大丈夫かな、美里さん」

親しみを込めた目で声をかけた商人に、美里も頭を下げて、

「ありがとうございます、備前屋《びぜんや》さん……」

「怪我がなければよいのですが、あの手合いには気をつけなければだめですよ」

「はい……」

助けて貰ったにも拘わらず、美里はあまり感謝をしていないような目だった。それでも『備前屋』と呼ばれた商人は、同じ油問屋で、名は巳左衛門《みざえもん》といって、問屋仲間の肝煎《きもい》りの立場。いかにも立派そうな態度である。

「ところで、美里さん……貞次郎《さだじろう》さんは、まだ帰って来ないのかね」

「え、ええ……便りのひとつも寄越しません。家を飛び出してから、もう三年余り……私もすっかり諦めてます」

「そうですか……困ったものですな……いや、貞次郎さんのことを悪くいうつもりはありませんがね、やはり先代……美里さんのお父様は、少々、甘やかしすぎた……ま、世の中、子供には甘い親が多いですがな、あそこまで性根が曲がってしまうと、飴《あめ》ならまだしも、なかなか直しようがありますすまい」

「備前屋さん……」

困ったような顔になる美里に、巳左衛門はこれは言い過ぎたと頭を下げて、

「ちょいと喉が渇いた……お邪魔してよろしいかな」

「あ、これは気づきませんで……五兵衛。奥の茶室にお通しして」

美里が命じると、巳左衛門は、

「なんだか押しかけたようで、申し訳ありませんな」

と微笑んだ。

「いえ、私も丁度、お話ししたいことがありましたので……」

巳左衛門が招かれた茶室は、わずか四畳の狭い部屋だが、ふつうと違って明かりだけはふんだんに取り入れていた。炉釜《ろがま》の前で、茶碗、茶筅《ちゃせん》、茶杓《ちゃしゃく》などを使って決まり通りの優雅な手付きで、薄茶点前《てまえ》を披露した後、

「備前屋さん、先程はありがとうございました。改めてお礼申し上げます」

「水臭いことは言いっこなしですよ、美里さん……うちの親父とあなたのお父様は、同じ油問屋で修業した者同士。お互い鎬《しのぎ》を削り合って、頑張ったと聞いております」

「ええ……」

「将棋や碁の腕前も五分と五分で、商売よりも、そっちの方で競い合っていて、お互い負けたときは悔しがってましたがな……ときに、〝禁じ手〟を使ったから、おまえ

の負けだなどと、大騒ぎで……」

禁じ手とは、囲碁将棋などで、禁じられた手で、たとえば将棋には二歩《にふ》や打ち歩詰《うちふづ》めがあり、囲碁では一目待たずにすぐ〝劫《こう》〟を取りにいくことが禁じられていた。なぜ禁じ手があるかといえば、卑怯だからという意味合いもあるが、武士の情けとして、

「それはいかんだろう」という理由もあった。

「武士の情けなどあったものではない。ははは、まるで子供同士でした……今となっては遠い思い出です」

遠い目になった巳左衛門は、過ぎた時を手繰《たぐ》り寄せるように、

「その間に、私は嫁を貰ったが、子をもうけぬままに、流行病《はやりやまい》で失った……あれから独り身だが、なかなか後妻に来てくれる女《ひと》もいなくてね」

「巳左衛門さんほどの人ならば、幾らでもいましょうに」

「たしかに世話をしてくれる人は多いが……美里さん、あなたに勝《まさ》る人はいない」

見つめる巳左衛門に、美里は恥じらいは見せず、むしろ嫌悪の顔を向けて、

「──そのお話なら、もうお断りしているはずです」

「…………」

「私はご覧のとおり、『菊間屋』を守っていかねばなりません。バカな弟を持ったた

めに、父から受け継いだこの店を続けることこそが、私の人生なのです。そう覚悟を決めております」

「立派な覚悟だ……だがね、美里さん。だからといって、女を捨てることはない」

「私は別に……」

いずれ婿を貰って、店を切り盛りして貰うつもりであると語った。

「そういう相手がいるのかな？」

「いえ、そうではありませんが、貞次郎が帰って来ない限りは、そうするしかないと思っています」

「だからこそ……」

巳左衛門は炉釜の前まで膝を進めて、

「うちの『備前屋』と、美里さんの『菊間屋』をひとつの看板にして、私とあなたが夫婦《めおと》になることもできましょう。親父同士は竹馬《ちくば》の友以上の仲だった。店を一緒にしても、きっと喜ぶと思いますがな」

「…………」

「店をひとつにすること……これは、禁じ手ではありますまい？」

「そのことについても、お断りしたはずでございます」

「その理由をハッキリ聞かせて欲しい。私のことが、そんなに嫌いですかな。あるいは、他に惚れた誰かが」

「——そうではありませんが……」

「やはり、貞次郎さんが帰って来たときのためにと？」

美里は曖昧な笑みで首を振った。

「だったら今一度、真剣に考えて貰いたい。このとおりだ」

巳左衛門が手を突こうとしたが、炉釜の湯気がふたりを阻むように広がった。美里はきちんと向き直ると、

「この際、はっきり言わせていただきますが、私は巳左衛門さんと一緒になるつもりも、店をひとつにするつもりもありません」

「…………」

「ですが、あなたを肝煎りと見込んでお頼みしたいことがあります」

「なんですかな」

「間もなく、油問屋の鑑札の期限が切れます。もし、貞次郎が帰って来なければ、女の私でも営み続けられるよう、お計らい願えないでしょうか……ご存じのとおり、今は貞次郎の名義にて営んでおります。ですが、店がなくなれば、奉公人が路頭に迷い

ますから」

「実は私も……そのことを案じていたのですがな……それを解決するためにも、あなたと夫婦になって、看板や暖簾を合わせるのが一番よいと考えていたのだが……」

未練がある顔で見つめる巳左衛門から、思わず美里は目を逸らした。

熱い湯気がゆるやかに舞い上がっていた。

二

いつもの谷中富士見坂《やなかふじみざか》――。

洗い張り屋の木札が秋風にぶらぶら揺れている前では、これまたいつものように十兵衛の取り巻き連中のおかみさんたちが、勝手に持ち寄った餅や団子、煎餅《せんべい》などをともに、〝くっちゃべって〟いた。

「この頃、大変なのよ、着物の前襟が合わなくってさあ」

「あたしなんざ、扱《しご》きが短すぎて困っちゃうわよ」

「階段はミシミシ言うしねえ」

「膝や腰が痛くなったわ。年は取りたくないわねえ、まったく」

などと好き勝手な話をしている。

――そんなに食ってりゃ、肥《ふと》って当たり前だ。

と言いたいところだが、十兵衛《じゅうべえ》は口には出さない。ひたすら淡々と、火熨斗《ひのし》で洗い直した着物の皺を伸ばしているのである。

そこへ、編笠の侍が来た。またぞろ、有馬伊勢守《ありまいせのかみ》であることは分かったが、無視していた。すると、おかみさん連中が編笠の中を覗き込みながら、取り囲んだ。

「お侍さん、たまに来るけど、何なんですか。十兵衛さん、迷惑がってますけど」

「そうですよ。洗い物なら、私たちがしてあげてもいいですよ。匂う匂う。このお侍さんはきっと独り身だよう」

「あら、だったら十兵衛さんと同じ……あらやだ。まさか十兵衛さんと……陰間茶屋通いっての、あの噂、ほんとだったの？」

「私、それでも十兵衛さんなら、いい」

勝手なご託を並べていたが、有馬も嫌気が差したのか、

「いつもの所でな……」

と言って立ち去った。その言い草に、またぞろ、おかみさん連中が妙な噂を立てそうだったので、十兵衛は返事をしなかった。

だが——。

十兵衛が柳橋の『さかなの骨』という小料理屋の暖簾《のれん》をくぐったのは、釣瓶《つるべ》落としの夕暮れで、すっかり暗くなってからだった。白木の付け台の前で、先に来て待っていた有馬は、

「まずは駆けつけ三杯……」

と、これまたいつもの挨拶をしたが、十兵衛は腰を下ろして、

「手酌で結構」

偏屈な態度を返して、鯊《はぜ》や白魚の天麩羅《てんぷら》や煮付けを頼んで、腹が空いたからと温かい蕎麦《そば》も注文をした。

「もちろん、あんたの奢《おご》りだろうな、有馬さんよ」

「ケチ臭いことを言いやがる」

苦笑して手酌で飲んだ有馬は、頑《かたく》なに酒を受けない十兵衛に耳打ちするように、

「ある油問屋を探って貰いたい」

「探って貰いたい？　なんだ、そりゃ。いつから、あんた、俺の上役になったんだ」

「そうではない。五分と五分の付き合いだと言ったではないか」

「口で言っても、態度が気に食わぬ。金輪際《こんりんざい》、命令は受けぬ」

「まあ、そう言うなよ。俺を〝洗って〟くれた仲ではないか」

「また、それかよ……」

ふと店の小上がりを見やると、次郎吉がひとりで小鍋をつついている。そろそろ鮟《あん》鱇《こう》の季節になったのか、味噌《みそ》仕立ての匂いが漂っていた。

「あんたの目付役もいるしな……表にも、妙に殺気を発していた連中が何人かいたが、それもあんたの手下《てした》だろう」

「…………」

「それだけいるなら、わざわざ俺を手駒にしなくとも、〝裏始末〟なんぞ、幾らでもできるんじゃないか？」

素《そ》っ気《け》なく振る舞う十兵衛に、有馬は真顔になって、

「近頃、またぞろ〝世直し党〟などと言って、徒党を組んでいる浪人どもがいる。公儀の政《まつりごと》に不満を抱いている者たちだということだが……それは名ばかりで、実は強請《ゆすり》集りをしている輩《やから》なのだ」

「大店の表で、店の宣伝をしたり、役人を褒《ほ》め殺ししたりしているアレか」

「さよう。だが、そいつらの実態はゴロツキ同然だ。そこで、奴らを〝洗って〟貰いたい」

「何度言えば、気が済むんだ」

「おぬしが言いたいことは分かってる」

「だったら、下らぬことを頼むな。いいか、勘違いするなよ。俺たちは、人生を変えてやるんだ。始末人のような人殺しじゃないんだ。分かったら、話はここまでだ」

十兵衛が立ち上がろうとしたとき、食べ物が運ばれてきた。

「もう少し付き合ってくれ」

有馬が銚子を差し出したが、十兵衛はそれはやはり受けず、座り直して、店の者が立ち去った後に、

「あんた……もう幕府のお偉いさんではないのであろう？　何故、目付みたいな真似事をしているんだ。まあ、やるのは勝手だが、俺たちを巻き込むなと言ってるんだ」

「正直に言おう……」

「その言葉も聞き飽きた。上様の密命か何か知らないが、幕閣を欺いて、世間を騙して、世直しをするなんて、どう考えても信用できる人間じゃない」

「…………」

「ましてや、悪党を始末するなんざ性に合わぬ」

「まあ、そう言うな……いつぞや、旗本の父子を島流しにしたのは、何処の誰かな」

「あれは、あんたに便乗してやっただけだ。どうでも許せない奴らだったからな。命を奪ったわけじゃないが……後で後悔したよ」

「後悔？」

「もしかしたら、あの旗本は誰かにとって、都合の悪い奴だったのかもしれないからな。あいつがいなくなったお陰で、他の誰かが出世した。その裏で、あんたが荷担していないとも限らない」

「そんなことはしておらぬ」

「だから、二度とそういう真似事はしねえと……俺たちの仲間で決めたのさ」

酒の肴《さかな》には箸を付けずに、十兵衛はもう一度、立ち上がり店から出て行った。

「まったく気が短い男だ……」

独りごちる有馬に、小上がりから次郎吉が出てきて、

「有馬様。あいつは一筋縄ではいきやせんよ。下手すりゃ、いつこっちに牙《きば》を剝いて来るかも分かりゃしねえ。こっちの正体も分かってるんですから、いっそのこと……」

「バカな考えは起こすな。おまえとて、榊原に〝洗われた〟身ではないか。それに、おまえには到底、手に負えまいよ」

「そうでやすかねえ……」

鼻の頭を赤くした次郎吉は、尾けるともなく十兵衛を追った。

ぶらぶらと掘割沿いの道を歩いて来た十兵衛はハタと足を止めた。

近くの路地の奥、天水桶の陰に、人の気配を感じたからである。尾けてきている次郎吉でないことは分かっていた。

「――誰だ……俺に何か用か」

返事はない。ただ闇の中で、息を潜めている様子だけは分かる。周辺には、他にも人の気が流れていて、数人はいると十兵衛は感じていた。ただ、殺気は漂っていなかった。

十兵衛が一歩、路地に踏み込もうとしたそのときである。

怪しげな総髪の浪人がふたり、あちこち人を探すような顔で駆けてきた。十兵衛の横を擦《す》り抜けるとき、ガチッと鞘が当たった。だが、浪人は謝りもせず、路地に入ろうとしたので、

「待て。鞘に当てて挨拶もなしか」

ひとりが立ち止まると、別の方に向かっていた浪人もすぐさま舞い戻ってきて、十

兵衛の前に立ちはだかった。月は雲で隠れているが、辻灯籠《つじどうろう》で、お互いの顔は微かに見える。十兵衛は懐手のままズイと出ると、

「当てたのはそっちであろう。謝って貰おうかな」

と言った。

すると、背の高い方の浪人が、すぐさま腰の刀に手を当て、

「貴様。言いがかりをつけようってのか」

「挨拶もろくにできぬのか。おまえたちのような浪人がうろうろしているから、町人も安心して眠れないのだ。ふたりとも、悪そうなツラをしてやがる」

「なんだと⁉」

「しかも、〝世直し党〟などというバカげたことをする浪人どももいるから、公儀の方も躍起《やっき》になって叩き潰そうとしている。そういう不穏な様子で、江戸町人は兢々《きょうきょう》としているのだ。それくらい分からぬか」

「どうでも喧嘩を吹っかけるようだな。相手になってやるッ」

浪人たちは同時に抜刀して、十兵衛に斬りかかった。だが、軽く避けた十兵衛は刀を抜くこともなく、顔面や鳩尾《みぞおち》に拳骨《げんこつ》を食らわして、足蹴にして倒した。ふたりとも吹っ飛んで、刀を落としてしまった。

「や、やろう……！」

立ち上がろうとしたが、瞬時に肩の関節を抜かれていたことが分かったのか、浪人はふたりとも、刀を拾うこともせず、這々《ほうほう》の体で逃げ去った。

何処からか、激しく吠える犬の声が聞こえてきた。

「——もうよいぞ」

路地に入った十兵衛は、天水桶の陰でぶるぶると震えている人影に声をかけた。

「今の浪人たちは、おまえの追っ手か……何をしたのか知らぬが、あの様子では見つけしだい殺すつもりだろうな」

もう一歩、近づくと、天水桶の陰から転がるように出てきたのは、まだ二十歳《はたち》そこそこの若者であろうか。薄汚い着物で、ろくに飯も食っていないのか、頬も少し痩《こ》けている。

「か、か、勘弁してくれ……俺は何も見ちゃいねえ……本当だよ……」

「勘違いするな。俺は今の浪人たちとは関わりがない。月丸十兵衛という、谷中富士見坂で洗い張り屋をしている者だ。怪しい者じゃないよ」

「……そう言って斬るつもりだろう」

「そのつもりなら、さっさとやってる。今の奴らは一体、誰なんだ、ええ？」

十兵衛が優しい声をかけても、若造は人に懐かない野良猫のようにぶるぶる震えながら、後退《あとずさ》りをした。その背後から、今度はいきなり、次郎吉の声がした。

「本当に怪しい人じゃないぜ」

ドキッと振り返った若造は、へっぴり腰になって、両手を合わせた。

「本当です……俺ア、何も見てません……どうか、どうか」

よほど恐い目に遭《あ》ったんだろう。

——何とかしてやらなきゃならねえな。

と十兵衛は思ったが、次郎吉もまた同じことを考えていた。

三

深川の花街の一角に、『水之江《みずのえ》』という料亭があって、二階の座敷からは三味線の音色と端唄《はうた》を口ずさむ芸者の声が聞こえていた。

ゆらゆらと川面が揺れているのが、料理屋や遊郭などの窓明かりで浮かび上がって、昼間とは違う妖艶《ようえん》な雰囲気を醸し出している。涼しい秋風が障子窓の隙間から忍び込んできているが、酒と芸者の熱気のせいか、寒くはなかった。

上座には、作事奉行《さくじ》の大久保篤徳《おおくぼとくのり》が目尻を下げて、芸者の舞いを見ており、その傍らには備前屋巳左衛門がいた。大久保は壮年であるが、頬が垂れるほど肥っており、高膳に盛ってある饅頭《まんじゅう》やおはぎをムシャムシャと頬張っていた。甘いものには目がなく、差し出されたものは残らずたいらげるほどだった。

「もうよい、もうよい……芸者衆は下がってよいぞ」

大久保は辺りを憚《はばか》らず、ゲップを繰り返して、

「備前屋。おまえの趣向も飽きた。身共《みども》は酒は飲まぬ故《ゆえ》な、こういう座敷に長い間、座っているのは楽しくないわい」

「では、次は船遊びなど……」

「あれの何処が面白いのか、身共には分からぬ」

「さようでございますか……大久保様が一番、お好きなのは何でございましょう」

「女と寝て、甘いものを食う。これに尽きる」

「承知致しました。では、必ず……」

巳左衛門は『菊間屋』の美里の前とは、まったく違う、卑屈な態度で大久保と接していた。だが、目は笑っておらず、むしろ熊のような体つきの大久保を見くびっているようにも見えた。

「御前……それはそうと、あの話でございますが……目途はつきましたでしょうか」

「あの話？」

「うちで扱っている油を、日光東照宮の改修の折、すべて請け負うということ。さらには、日光街道の宿場の本陣、脇本陣、旅籠などにも油を卸《おろ》すという……」

「身共ひとりでは決めることができぬ。普請《ふしん》奉行とも折り合いをつけねばならぬし、何よりも老中若年寄らの許しを得ねば、事は進まぬ。そのためには……分かっておろう」

「これまでも、かなりお渡ししたと存じますが、まだ……」

「足らぬな。いくら、おまえが江戸油問屋仲間の肝煎りといっても、他藩の領内にある宿場にまで口出しするには、それなりのものがかかるというもの」

「…………」

「分かったのう。備前屋……あまり欲を掻くのではないぞ」

膝をつきながら、大久保は重い体を起こして、

「帰る。その話は、『菊間屋』の女主人を口説き落としてからにせい」

「…………」

「で、例のものは、油桶に入れて、根岸《ねぎし》の別邸に届けておけ」

と命じて廊下に出ると、数人の家臣が控えていて、まるで病人のように抱えられながら、階下へと降りていった。人目につくと困るから、表に見送りに出ることはしなかったが、大久保の駕籠が料亭から離れると、

「——まったく、欲ボケはそっちではないか……」

と巳左衛門は呟いた。

部屋には、用心棒代わりの手代がふたり、林蔵《りんぞう》と新八《しんぱち》もいて、上座に座り直した巳左衛門に、酒を勧めた。甘党の相手だから、好きな酒も思う存分飲むことができず、その苛立ちもあって、

「あんな平役人に頭を下げるのは、もう無駄かもしれないねえ」

巳左衛門がそう言ったとき、ドヤドヤと足音があって、浪人が入ってきた。先刻、十兵衛に鞘当てをしたが、あっさりと追っ払われたふたりだった。

「どうだ。見つかったか」

焦ったように訊く巳左衛門に、浪人ふたりは首を振って、

「それが、とんだ邪魔が入りまして……」

と、十兵衛に邪魔をされたことを話した。もちろん、相手が誰かは分かっていない。

すると、隣室から、桑原と配下の浪人数人が出てきて、

「申し訳ありませぬ。私の不手際でもありますから……」

と刀を抜いて、ふたりを斬ろうとしたが、巳左衛門は止めた。

「おいおい。座敷を血で汚さないでくれ……桑原、おまえたちにはまだまだ働いて貰わねば困るしな」

「はい……」

巳左衛門は桑原たち浪人を金で雇って、『菊間屋』の美里に嫌がらせをしたのだ。そこに助けに入って歓心を得ようとしたが、無駄なようだった。

「だから、今度は弟の貞次郎を出汁《だし》に使おうと思ったのだがな……逃げられては話にならぬ。たまさか腕利きの浪人が通りかかったとは悪運の強い奴だ。今一度、草の根を探してでも連れて参れ」

と言って、巳左衛門は小判を数枚、放り投げた。それを手にした桑原は、手下の浪人たちを引き連れて立ち去った。

「──それにしても……林蔵、新八……何かよい手立てはないかのう。あの頑固で鼻持ちならぬ美里は、私に靡《なび》きそうにない」

「旦那様が謙《へりくだ》ることはありませんよ」

林蔵が言うと、新八が続けて、

しょう」

「貞次郎さえ、こっちの手の内に入れれば、『菊間屋』なんぞ、どうにでも料理できま

「おまえたちも頼みましたよ。私は油問屋の肝煎りで終わる男ではないからね」

「ええ。公儀御用達……いいえ、江戸三十組問屋の肝煎り寄合筆頭になって、江戸の町を牛耳《ぎゅうじ》って貰わねばなりませんからね」

「ふふ……だが、美里ごときに手を拱《こまね》いているようでは、私も焼きが廻ったかねえ」

「本当に惚れているのでございますか」

「あれほどの美形はなかなかおらぬ」

「ならば、嫁になどせずとも、幾らでも……なあ、林蔵」

新八が振ると、林蔵も嫌らしい目つきで頷いて、

「旦那様に手に入らぬものなど、ありませんよ。ええ、何とでもなりましょう」

と、ほくそ笑む三人は、悪霊でもついているかのような不気味な光を発していた。

そんな様子を――。

廊下の片隅で、芸者に扮《ふん》している香澄が座敷の様子を窺っていた。

「誰だね……そこに、誰かいるのかい？」

声があって、襖を開けたのは林蔵だったが、ほんの寸前、香澄は身を翻して、立ち

去っていた。廊下に踏み出て、林蔵は辺りを見廻したが、もう誰もいなかった。

一方――。

谷中『宝湯』の二階では、ひとふろ浴びて、涼を取っていた若造が気持ちよさそうに寝転がっていた。

髭を剃って、髷《まげ》を綺麗に結い直すと、こざっぱりしている。若いだけあって、張りのある艶やかな肌で、なかなかの男前である。目の前には、関取のような半次《はんじ》がデンと座って、片隅には次郎吉もいて、酒を飲んでいる。

窓から吹き込んで来る秋風に包まれて、ほっと溜息をついて、

「湯屋の二階で酒を出すようになったのは、いつからだい。俺が江戸にいたときは、湯女《ゆな》と同じで、御法度だったがねえ」

と若造が偉そうな口振りで言うと、半次は杯を差し出して、

「今だって御法度だ。二階では茶を飲みながら、将棋を指すだけ。だが、そりゃ店を開けてる間の話だ。もう火を落として、湯船には客はいねえからよ、ほれ」

「いいのかい?」

「ああ」

「これで、飲んだら、御用。なんてことはねえだろうな」

「よほど、人を信じられない渡世を送って来たんだな。可哀想に」

「ケッ。同情されるほど落ちぶれちゃいねえよ」

「だったら、ほら」

　半次に銚子を差し出されて、若造は少しビクビクしながら受けると、ぐいっと飲み干して、深い溜息をついて、

「はあ、うめえ……もう一杯！　女はダメなのかい。湯女に背中を揉んで貰いてえんだがよう。そんな贅沢はできねえか」

　と調子に乗っていると、階下から軽やかに、さつきが上がってきて、

「あたしが揉んであげるよう。さあ、さあ」

　半ば強引に、俯《うつぶ》せに若造を押し倒すと、背中に馬乗りになって、

「久しぶりに若い男の体を触《さわ》れる。ひゃあ、嬉しいなあ」

　と、さつきは背中から腰にかけて揉み始めた。着物の裾がめくれているので、さつきの白い太股《ふともも》がチラリと見える。若造はゴクリと生唾を飲んで、

「あや……あやはあ……」

　言葉にならない声を洩らした。しばらく揉みしだかれていた若造は、気持ちよさそ

うに目を閉じた。

「兄さん……あっちの方の凝りもほぐしてあげようか、ねえ」

さつきが耳元で囁きながら腰に手を廻したとき、

「悪ふざけもそれくらいにしときな」

と菊五郎《きくごろう》が入ってきた。見るからに、遊び人風なので、若造は思わず正座をして、

「あ、あの……どういう集まりなのでしょうか……皆さん」

「十兵衛の旦那に、おまえを守ってやれって言われたんでな。仕方なく、こうして駆けつけて来たんだ」

菊五郎が言うと、若造は声をひっくり返して、

「守れえ……？」

「窓から顔を出さない方がいいぜ。路地裏や表の坂道からも、この『宝湯』は妙な浪人たちに囲まれてるぜ」

「エッ！」

驚愕した若造は、少しでも窓から離れようと、広々とした座敷の真ん中に移った。

その前に、半次も座り直して、

「さあ。おまえは何処の誰兵衛なんだ。きちんと話した方が身のためだと思うがな。

それとも、もうすぐ店仕舞いだ。帰って貰いましょうかねえ」

「ま、待ってくれ……俺は何もしていねえ。本当だ。嘘だと思うなら、京橋の『菊間屋』って油問屋に行って訊いてくれ。俺は……そこの跡取りの、貞次郎ってもんだ」

「油問屋……な」

片隅で聞いていた次郎吉が、真剣なまなざしになって呟いた。

四

朝焼けが広がる荒川と隅田川の分岐点あたりには、川越《かわごえ》から来た猪牙船《ちょきぶね》が一斉に集まってきている。

荷船もあれば、材木を乗せた船もある。一夜船と呼ばれるくらいで、眠っている間に江戸に到着するから、川越街道を歩くよりも船を使う人の方が多かった。物見遊山で江戸に来る客が増えたのも、猪牙船のお陰である。

向島にある有馬の屋敷からは、まるで競争でもしているような船の群れを眺めることができた。櫓の音や船頭たちの軽快な掛け声が威勢良く飛んでくる。

だが、有馬の部屋では——。

沈痛な面持ちの香澄が、有馬の前に控えていた。油問屋『備前屋』の巳左衛門が、作事奉行の大久保篤徳に対して多額の賄賂を渡していたことを伝えていたのである。

昨夜のうちに、油桶に入れた数百両の大金を屋敷に送り届けており、累計すればどの程度になるかは分からないが、日光東照宮の修繕と日光街道の宿場の油をすべて扱えるとなれば、相応の額だと思われた。

「なるほどな……だが、小判に名札はついておらぬからな。確たる証拠がない限り、大久保を責め落とすことはできまいな」

「はい。油代と惚けることもできましょう」

「しかし、このまま、このふたりを放っておけば、『備前屋』が油を独り占めにし、いずれは値が上がる。さすれば、困るのはまさに庶民たちだ」

「殿……」

香澄は遠慮がちに問いかけた。

「もし殿が、若年寄のままであられましたら、『備前屋』と大久保の関わりを表沙汰にして、賄賂の授受の証を立てねばならぬところでございます。しかし、評定所に裁決を求めるのが、今の有馬様の務めではありますまい」

「さよう……」

「なれば、遠慮なく、申しつけて下さいませ。閻魔は……殿でございますれば」

「ふたりを殺す、というのか」

「閻魔大王の命令であれば……」

「──ふむ……」

有馬は深い溜息をついて立ち上がり、縁側に出ると、塀越しに猪牙船の群れを眺めた。きらきらと朝日に燦めく川面が眩しくて、思わず目を細めた。

「年のせいかもしれぬ……近頃、目に入るものがすべて愛おしく感じるようになった。あの紅葉も朽ち果てた灌木《かんぼく》も、遠くに見える峰々も、ぶらぶらしている野良猫も……」

「…………」

「のう、香澄……私があの〝洗い屋〟月丸十兵衛に目を付けたのは、人を殺さぬからだ。奴とて、この世のためにならぬ、無慈悲な救いようのない悪党を懲らしめたい気持ちは、私と同じであろう」

「私もそう思います」

「ん？　惚れたか、十兵衛に」

「まさか……」

有馬は微笑を浮かべ、

「どんな極悪非道な奴でも、命を与えてくれたのは、この天であろう……」

青い空を見上げた有馬は、もう一度、溜息をついて、

「その命を守っているのは、神仏かもしれぬ……されば、人が人を裁くことは天道に反することやもしれぬ。特に、命を奪うということはな」

「証拠があっても、死罪はならぬ……と？」

「そうは言わぬ。御定法に則《のっと》れば、その法がある限り、意味もあろう。打ち首や獄門、磔《はりつけ》になりたくないから、悪いことをしようと思っても留まることもあろう」

「…………」

「取り返しの付かぬことをすれば、それに見合う刑は受けさせるべきだ。しかし……証がないものを裁くときは、十兵衛のように、万に一つでも改心する余地を残しておくことが大事ではないか……そう思うようになったのだ」

「殿……」

「それゆえ、十兵衛の力が欲しいのだ。どんな極悪人でも、自分の犯した罪に涙することがあるのではないか……せめて、その涙するときを、残しておきたいのだ」

しみじみと言った有馬の声は、何処か高僧のような神々《こうごう》しさすらあった。香澄は黙

って聞いていたが、

「では、お聞きしたいのですが……それでも尚、涙を見せぬ輩は如何致しますか？」

「仏の顔も三度までと言うからな。その間に、心から改心すると、私は信じたい。だからこそ、命の一滴《ひとしずく》を大切にしたいのだ」

「――分かりました」

しかと香澄が頷いたとき、声があって次郎吉が入ってきた。

「お伝えします。昨夜、十兵衛がたまさか助けた男は、京橋の油問屋『菊間屋』の跡取り息子でした」

「油問屋『菊間屋』……!?」

驚いたように振り向いたのは、香澄の方だった。

「知ってるのかい」

「丁度、殿が探っていた事件繋がりで、『菊間屋』も浮かび上がっているんだよ」

『備前屋』の主人・巳左衛門が、『菊間屋』の女主人の美里を狙っていることを、香澄は有り体に話した。

「ですが、美里の方は、まったく巳左衛門に靡《なび》いておりませぬ。それゆえ、巳左衛門は手籠《てご》めにでもしようという画策《かくさく》もしているようでございます」

「なんと……」

「そうなる前に、始末した方がよろしいのではありますまいか。殿のお考えには賛同致しますが、このような輩は……！」

女の身の香澄だからこそ、美里のことを案じており、事前に防ぎたいのであろう。有馬もまた、香澄がそういう目に遭ったことがあることを承知しているから尚更だった。

「おいおい、物騒なことを言うなよ、香澄……何のために、俺たちは〝洗い屋〟と一緒にやろうとしてるんだ」

次郎吉が眉間に皺を寄せたが、香澄は冷静な顔で、

「――あなたは洗われたから、でしょ。私は自力で……」

己に降りかかった不幸をはね除《の》けてきたと言いたかったが、香澄は口には出さなかった。次郎吉もそれ以上は突っ込まなかったが、

「綺麗に〝洗う〟ためには、どいつからも目を離しちゃならねえ」

「そんなことは分かってる。でも、『菊間屋』の跡取りとやらも、巳左衛門は利用しようとしている。手遅れになる前に……そう、手遅れになる前に、始末するのがいいと私は思います。殿……後から、改心されても、傷つけられた方は、癒えることはあ

りませんからね」

険しい顔になる香澄に、有馬は納得したように頷いたものの、

「だからこそ、罪を犯させぬように、うまく〃洗え〃ばよいのではないか？」

「罪を犯させぬように……」

「悪事を犯した者に裁きをするのではなく、咎人にならぬようにし向けるのも、〃洗い屋〃の仕事だと……十兵衛は考えておる」

「あの月丸十兵衛、が……」

有馬はもう一度、深く頷いて、

「さよう。おまえたちも力を合わせて、事なきを得るよう尽力致せ」

と朗々たる声で命じた。

屋敷を出た次郎吉と香澄は、それぞれ別々の道に別れようとしたが、何者かに尾けられている気配を感じて、

――一緒にいた方がよさそうだな。

と目顔で頷き合った。

船着場に向かって、停泊している川船の船頭に声をかけた。朝早く、いわゆる〃江戸野菜〃を届けるために、百姓らが乗り合わせて、吾妻橋《あづまばし》辺りまで下る船である。

「俺たちも乗せて貰っていいかい」

次郎吉の問いかけに、船頭はふたつ返事で、

「へい。よろしゅうございます。ささ、おかみさん、足下に気をつけて」

と手を貸してくれて、舳先《へさき》の方の空いているところに、ふたりは座った。船はすぐに漕ぎ出された、川風が前から吹いてくる。まだ朝の冷たい空気が心地よい。

「――おかみさん、だってよ……悪い気はしねえだろう。ええ?」

次郎吉がふざけて指を絡めると、いつもなら振り払う香澄の方から寄り添ってきた。

「おっ、いいねえ……」

「勘違いしないでよ」

香澄は次郎吉にしか聞こえない声で、

「なんだか、妙だと思わないかい。この船……人の割には荷物が少なすぎる……」

と呟いたとき、背後からいきなり、刃が振り下ろされてきた。

「!?――」

寸前、次郎吉を突き飛ばして川に落とした香澄は、懐剣を素早く抜き払って、応戦したが、乗客はすべて忍びの心得があるようだった。人垣を作るように乗客が立ち上がると、その隙間から、短槍《たんそう》や忍び刀を突き出してきて、さらには棒手裏剣が飛来し

た。

「うわッ――」

胸に手裏剣を受けた香澄は、仰向けに飛んで川面に落ちた。それに向かって、次々と短槍を投げつけられて、あっという間に川面に真っ赤な血が広がった。

そして、香澄の体が深紅に染まり、川底に沈んで姿が見えなくなった。

「どうだ。仕留めたかッ」

百姓姿のひとりが声を上げた。船縁で川を覗いている者たちの目には、はっきりとは見えない。赤い血が却って視界を遮ったのだ。

「男の方はどうした！」

「見当たりません」

「奴は死んでないはずだ。船を止めろ。探せ、探して殺せえッ」

頭目が怒声を張り上げると、呼応するようにヨシキリの鳴き声が響き渡った。

五

油問屋『菊間屋』の一室では、十兵衛に連れて来られた貞次郎が、美里の前で両手をついて頭を下げていた。

美里はじっと目を閉じて、うんともすんとも言わず、微動だにしなかった。

「こうして、弟も反省して、真面目に働くと言っているのだ。俺が詫びを入れる筋合いではないが、出会ったのも何かの縁。許してやってはくれまいか」

十兵衛が頼むと、美里はゆっくりと目を開けて、

「洗い張り屋の月丸様でしたね……お見受けしたところ、立派なお武家様でいらっしゃいますが、どうしてこのようなお節介を？」

「お節介……かな」

「女だてらに、店を切り盛りしているものですから、何かと付け入ってくる人も多ございます。出来の悪い弟をネタに強請《ゆす》ろうって魂胆ではないでしょうね」

「よほど辛い思いをしてきたのですな」

同情の目になった十兵衛に、美里はほんの少し和らいだ表情になったが、貞次郎がパッと顔を上げて、

「そういうところが、ちっとも変わってねえんだよ、姉貴はッ」

と反抗的な目になった。

「このご浪人さんはな、命の恩人なんだ。いいよ。俺はどうせ、アホでバカで間抜け

で助平で金遣いの荒いデキの悪い弟でござんす。でもね、人の恩を仇で返すようなこたア、俺にゃできねえんだ。本当なら月丸様に、『弟を助けて戴いてありがとうございました。わずかばかりですが、心づくしです。どうかお納め下さい』って、礼金の一両や二両、お渡しするのが礼儀ってもんだろうが」

一気呵成《いっきかせい》に喋る貞次郎を、美里は冷ややかに見つめたまま、

「あんたこそ、ちっとも変わってないねえ。俺の命の恩人だと連れて来た人に、金を渡したことが何度あったことか」

「本当に命の恩人なんだよ、今度は」

「今更、言い訳はいいですよ」

「だから、ほんとだってば。おまえ、俺に恥をかかせる気か！」

「その科白《せりふ》も変わりませんね」

美里はもう弟は相手にしないという態度で、十兵衛に向き直って、

「弟に幾ら、貸しているのですか。必要ならば、利子をつけてお返し致します……と言いたいところですが、家出をして三年も音沙汰のなかった弟の話を、俄《にわか》には信じられません。どうか、お引き取り下さい」

とキッパリ言った。

「そんなつもりで来たわけではないから、すぐに退散するが、『備前屋』の主人・巳左衛門とその手下どもが、貞次郎を探し廻っているようだから気をつけなさい」

十兵衛がそう言うと、美里は意外な目になって、

「それは、どういう……」

「あんたの身も狙われている節があるから、用心には用心をな」

真摯《しんし》な態度で話してから、十兵衛が立ち上がると、貞次郎はすがりつくように、

「ま、待ってくれよ、十兵衛の旦那。また、あんな奴らに来られたら、俺だけじゃねえ。姉貴だって危ねえから、しばらくいてくれよ。なあ、旦那……そうだ、うちの用心棒になってくれ。給金、弾むからよ」

と調子のよいことを言うと、美里は呆れ果てた顔になって、

「なんだ……やっぱり、そういうことですか……この際、はっきり申し上げておきます、月丸様。『備前屋』とは先代からのつきあいなんです。巳左衛門さんのお人柄もよく存じ上げております。ご心配は無用かと存じます」

「そうか。ならば、いいのだがな……貞次郎。みんなが話したとおり、心を入れ替えて、商売に励むと誓うがいい。そして、お姉さんが許してくれるまで、辛抱強く頼むんだな。よいな」

十兵衛は刀を手にして、美里に一礼すると、廊下に出ていった。心配そうに五兵衛が見ていたが、さっと立ち上がって、十兵衛を先導するように店の外まで送り出した。

美里の前で、貞次郎はしばらく押し黙っていたが、

「——姉貴……本当に済まなかった。三年もの無宿者同然の暮らしで、俺はすっかり目が醒《さ》めたんだ。まっとうに働いて、お天道様の下で暮らすことが、いかに大切かってよ」

「…………」

「家に帰れた義理じゃないことは重々、承知してるけど、やっぱり恋しくてよ……おふくろを早くに亡くし、姉貴は俺のおふくろ代わりもしてくれてた。今じゃ、親父の跡を継いで、立派に商いをやってる。俺ア、何杯、姉貴の爪の垢《あか》を煎《せん》じて飲んでも足らねえや」

「…………」

「本当だったら、坊主にでもなった方がいいんだろうが、世間に未練もある。帰って来たからって、俺が跡取りに収まる気持ちはさらさらない。姉貴を助けるために、丁稚《でっち》小僧から始めるつもりだ。だからよ、姉貴……」

もじもじとその先を言いかねている様子に、美里は小さく頷いて、

「本当の本当に、心を入れ替えるんだね」

「ああ」

「長年の旅暮らしで、親兄弟の有り難みが分かったかい」

「分かったよ」

「信じていいんだね」

「ああ。信じてくれ……だからよ、姉貴……」

また言い出しかねていたが、思い切ったように、

「三百両……くれねえかな」

「なんですと！」

大声を上げたのは、廊下に戻って来ていた五兵衛だった。

貞次郎は土下座をして、

「お願いだ、姉貴……どうしても三百両が要《い》るんだ……旅先で、女を孕《はら》ましてよ。ガキが出来たんだ……だが、そいつは人の女房だから、弁償しなくちゃならなくってよ……助けてくれよ。こういう時こそ、親兄弟が大切だって、よく分かったよ」

と言うと、美里の目が吊り上がった。考えるよりも先に、貞次郎の頭をバシッと叩いていた。イテッと顔を上げようとするのを、もう一発、平手で叩きつけて、

「もういい！　出ていきなさい！　二度とうちの敷居を跨《また》がないで！」

「ま、待ってくれよ、姉貴……」

美里は怒り心頭に発して立ち上がり、

「五兵衛さん。こんな奴はすぐに追い出して、塩でも撒いておいて下さいなッ」

「あ、でも、女将さん……」

「いいのです。あなたも聞いたでしょ。そんなことのために、奉公人が汗して働いて稼いだ金を、一文たりとも使いませんッ」

言うなり、もう一度、貞次郎の頭を叩いて、店に戻った。

「ご、五兵衛……」

情けない顔になる貞次郎に、五兵衛は気を配りながらも、

「私にはどうしようもありません……美里さんが、どれだけ苦労をしたか、貞次郎さんには分からないのですか」

「でもよ……このままじゃ、俺ア、殺されちまうよ……相手はヤクザ者でよ。しかも、一宿一飯の恩義があって……」

「恩義のある人の妻を寝取ったのですか」

「まあ、つい、ふらふらと……」

「いい加減にして下さい、貞次郎さん。もし店に戻って来ても、あなたを庇う人はいないだろうし、手代たちもついて行かないでしょう。厄介者扱いされるだけです」

「おまえまで……」

「もし、本気で改心するつもりがあるなら、先程の月丸様がおっしゃったように、辛抱に辛抱を重ねて、じっと我慢をするしかありませんね」

「そうしたいから、三百両を……なあ、五兵衛。姉貴に黙って、こっそり……」

「なりません。本当に呆れた人だ」

反吐《へど》が出るというような表情になった五兵衛を見て、貞次郎は俄に腹立たしげに、

「そうかい、そうかいッ。実の弟が、殺されるかもしれねえってのに、知らん顔するたア、まっとうな商人が聞いて呆れらア。ま、せいぜい金を数えて暮らすがいいぜ。そのうち、恐いお兄《あに》いさんたちが押しかけて来ても知らないぜ」

「なんですって……」

「穏便に片付けようと思ったが、俺がこの『菊間屋』の跡取りだと、そいつらに名乗ったら、何をしでかすか分かったもんじゃねえ。そうなってから泣き言を垂れても、俺はもう知らないからなッ」

　貞次郎は怒鳴りつけると、そのまま縁側の下にある履き物をつっかけて、裏手から

出て行った。思わず五兵衛は追いかけようとしたが、廊下に戻っていた美里が止めた。

「いいから、ほっときなさい……こっちは何も脅される弱みなんかありません。貞次郎が殺されようが、野垂れ死にしようが、知ったことじゃありません」

「でも、女将さん……」

「どうせ作り話に決まってます。遊ぶ金が欲しいだけですよ。バカな弟なんか相手にせず、ささ、仕事、仕事」

美里が急《せ》かすように言うと、五兵衛は仕方なさそうに従った。

「まったく、バカは死ななきゃ治らないってけど、あいつは死んでも治らないね」

そうはいうものの、美里の表情は暗く切なく見えた。

六

深川の花街にある揚屋で、笛太鼓や三味線に合わせて、ほろ酔いの貞次郎が〝ドジョウ掬い〟を踊っている。実に楽しそうに屈託のない顔は、昼間、姉の前で見せていた殊勝な表情とは打って変わって、バカ丸出しである。

——あ、ほいや。よいさ。よよいの、ほいさ……。

ひとしきり歌って踊った後、ごろりと座敷に転がって、芸者衆の膝に甘えながら、

「久しぶりだね、桃路姐《ももじねえ》さん……心配することはねえよ。金なら、たんまりあるから。俺が江戸に帰って来て、『菊間屋』の主人に収まったからにゃ、おまえには苦労させねえよ……随分と待たせたが、俺が身請けしてやっから、安心しな」

「大丈夫なのかい。身上《しんしょう》潰しそうになったから、勘当されたんだろう？」

「誰がそんなことを」

「みんな言ってるよう。お姉さんは、あちこちに頭を下げて、溜《た》まった飲み代や揚げ代を返して、大変だったんだからね」

「辛気くさい話をするなよ。俺はもう三年前の貞次郎とは違うンでえ。旅は男を大きくするってえが、ほれ、股間の息子も立派になったと思わねえか。ギャハハ」

「どうだかねえ……」

芸者衆も少し呆れ顔である。本当に金を払ってくれるかどうか、不安なのであろう。だが、貞次郎の方は脳天気に、芸者衆に犬ころのようにじゃれていた。

そこへ――。

「こりゃ、『菊間屋』の若旦那じゃありやせんか」

と廊下から声をかけてきた中年の幇間《たいこもち》がいた。見覚えがある顔に、貞次郎は懐かし

そうに駆け寄って、

「おお、玉八《たまはち》じゃねえか。いやあ、随分と老けやがったなア。髷や鬢《びん》に白いものが混じってるじゃねえか。相変わらず、つまらねえ芸をやってるのか」

「お陰さんで、へえ」

「じゃ、一発やって貰おうじゃねえか。あのバカバカしい、屁《へ》の河童《かっぱ》踊りを……へへへのカッパ、川流れ〜ってやつ」

「ええ。やらせて戴きますよ。その前に、ちょいと……」

隣の部屋に来てくれと、玉八は誘った。何も気にすることなくついていくと、そこには無頼の浪人が数人、たむろしていて、険しい顔をしていた。

「――あっ……！」

追いかけ廻していた浪人たちだと、貞次郎は気づいて逃げようとしたが、玉八が部屋の中に押しやって、

「悪く思わないでくれよ、若旦那。あんたにつけてた金を返して貰っただけだ」

と襖を閉めた。

浪人たちに取り囲まれた貞次郎は、膝を揃えて正座して、

「すす、すすす、済みません……誰にも話しませんから。あんたたちが人殺しをした

なんて、絶対に口が裂けても、ケツが割れても……ケツは端から割れてるか、アハ」

と必死に訴えた。

「誰が人殺しだって？」

「いえ、誰も……俺は知りません、へえ」

「おまえが見たのは、ある偉い御仁に金で頼まれてやっただけのことだ。しかも、そいつこそ、人殺しや押し込みをやっていた極悪非道な奴でな、世のため人のために、天に代わって成敗してやっただけだ」

「さ、さようで……なら、いいことをしなさったんですね。ああ、よかった」

その浪人たちの頭目格は、桑原である。おもむろに立ち上がると、

「——相談に乗って貰いたいことがあるんだがな」

「は……そ、相談？　あっしに」

「油問屋『菊間屋』の若旦那とは知らず、随分と恐い思いをさせて済まなかった」

貞次郎の正体は前から知っていたが、わざと丁寧な態度を、桑原は取った。

「おまえさんが、主人ならば話が早い。美里さんに心底、惚れた人がいるのだが、取り持ってくれないかな」

「誰です、それは。あんな跳ね返りを好きになる男なんか、いるんですかねえ」

「同じ油問屋の『備前屋』さんだよ」

「巳左衛門さん……が？」

「さよう。だが、姉の方はどうも毛嫌いしているようでな」

「ま、水と油だろうねえ」

「どういう意味だ？」

「ひと言で言えば、姉は真面目で、巳左衛門は不真面目だ。俺に言われる筋合いはねえだろうが、巳左衛門って奴は、表向きは優しくて立派だが、ありゃ強欲でね。てめえの店のため、金のため、出世のためなら、どんなことでもするような輩だ」

名調子で話していた貞次郎は、余計なことを言ったと〝言わ猿〟の真似をした。

「だからこそ、ではないか……」

同意したように頷いて、桑原は続けた。

「立派で真面目な姉さんと一緒になって、店をひとつにして切り盛りすれば、ますます栄えるのではないか？」

「ああ、そりゃいい。親父同士は仲が良かったからな」

「それだよ、貞次郎さん」

「……さん？」

「おまえさんが店の主人なんだから。姉がやってるのは、貞次郎さんの代わりに過ぎない。店の鑑札の主人は、おまえさんなんだからねえ。そうでしょ?」

「へえ。そういえば、そうだよな」

「誰に遠慮することもないと思うがな」

桑原に煽《おだ》てられて、貞次郎は俄に浮き浮きした顔になった。次第に、〝その気〟になってきて調子づき、

「姉貴が何と言おうと俺が跡取り、『菊間屋』の主人だ。ばっかだなあ、なんで今まで気づかなかったんだろう。へへ。だったら、もうちょいと芸者と遊んで行くとするか」

と貞次郎は隣の座敷に、阿波踊りをしながら戻るのだった。


翌日、『菊間屋』に現れた巳左衛門は、いきなり美里に、

「この店は、うちが譲り受けたから、明け渡して貰うよ。なに、今日明日なんて酷いことは言わない。十日くらいは猶予をやるから、店の整理をするがよろしかろう」

と一方的に話した。

「何をおっしゃってるのか、意味が分かりませんが、『備前屋』さん」

「貞次郎さんに、この店を譲って貰ったんですよ」

「え、貞次郎に……？」

「はい。『菊間屋』の主人は貞次郎さんですよねえ。あなたはただ姉というだけだ」

「………」

「上方《かみがた》に行ってたらしいが、色々と借金を溜め込んでいたようで、その返済の代わりに、店の鑑札を私に譲ってくれたんだ」

「そんなバカな……」

「このとおり、一筆書いてくれましたよ」

巳左衛門が懐から出した書き付けには、ミミズがのたくったような文字で、

――『菊間屋』の鑑札を、『備前屋』巳左衛門様に譲ります。

と書かれており、貞次郎の署名も記されていた。

「こんなものは認めません」

美里はキッパリと突っ返したが、そうするであろうと巳左衛門は読んでいたのか、

「あんたの言い分は意味のないことなんですよ。こうして……北町奉行所からも、許しを得てきたんです」

と文書を見せた。それには、担当与力の命令の形で、

——すみやかに、鑑札を巳左衛門名義にするように。

と記されてあった。

「ええ!?」

「形としては、私が前々から言っているように、『菊間屋』とうちを一緒にしようということです。後は、そちらの鑑札の裏書きをするだけなんです。私が主人になることを」

「出鱈目《でたらめ》を言わないで下さいッ。そんなこと許されるわけがないでしょ」

「ですから、美里さん……あなたには何の権限もないんだ。店の当主の貞次郎さんが、そうしたいと願ってきたのに、私が応じただけのことですよ」

勝ち誇ったように巳左衛門はほくそ笑んで、

「でもね。『菊間屋』の店の者を追っ払ったりするような、そんな情け知らずではありませんよ、私は。きちんと奉公人は引き受けますし、貞次郎の身の振り方もきちんと考えてます。うちの番頭にしてやっても構いません。店のことに口出ししないなら」

「ふざけないで下さいッ」

美里は声を荒げたが、巳左衛門は涼しい顔のままで、

「あなたのためでもあるんですよ……バカな弟に帰られた日には、先代が築き上げたこの店を潰すだけです」

「………」

「望みならば、『菊間屋』の屋号を残しても一向に構いませんよ。美里さんが、私の後妻に来てくれれば済む話です」

「なるほど……そういうことですか……」

居直ったように美里は強い態度で、

「鑑札は渡しません。お奉行所には、私から訴え出ます。北町の榊原奉行は話の分かる人だと聞いております。こんな猿芝居で、店を手放すなんて……私を見くびらないで下さいまし」

「怒った顔もまたいいものですな」

舌なめずりするような口元になった巳左衛門は、嫌らしい言い草で、

「私に組み伏せられて、助けてくれと喚《わめ》く顔も見てみたい」

「………」

「さあ、鑑札を……渡しなさい。さもないと、貞次郎が、どうなっても知りませんよ。無頼な輩の手の内にありますからねえ」

「！……」

「どうしますかな？」

「今のあなたの言葉で決心しました」

美里はキリッと鋭い目を向けた。

「そうやって脅すというのは、自分が理不尽であることを認めた証です。それに、貞次郎なら煮ようが焼こうが好きにして下さい。どうせ、不味くて食べられませんよ」

さらに美里が語気を強めると、さすがに巳左衛門は顔を赤くして、

「本当に知りませんよ……どうなっても……」

と吐き捨てて店から出て行った。

見送っていた美里は怒りよりも、情けない気持ちが溢《あふ》れてきて、

「あのバカタレは、もう……」

と呟いた。

七

その日のうちに、美里は北町奉行所に訴え出た。北町が月番ゆえ受けつけてくれた

が、実際の訴訟は来月もしくは再来月になってしまうのが通常である。

訴えた内容というのは、

――貞次郎には油問屋『菊間屋』を営業する権限がない。よって、問屋株を譲渡する権利もない。

ということである。その事実を争うつもりなのだ。

実際、『菊間屋』の営業を許可された鑑札には、先代の主人の名前が書かれたままであり、誰にも裏書きはされていない。そして、問屋株に関しても、近頃は法外な金で株を買い取るという事件が多発しているので、町奉行所は、他人に譲渡できないよう制限をしていた。ゆえに、万が一、貞次郎が『菊間屋』の当主となったとしても、町奉行所の許可なく問屋株を巳左衛門に譲ることはできないと、美里は訴え出たのである。

だが、〝出入筋《でいりすじ》〟という民事訴訟裁判によって詮議されて、事が決定するのは何ヶ月も要することがある。だから、その間は、

――いま営んでいる者が暫時《ざんじ》、営み続けることができる。

のが道理である。巳左衛門の思惑どおり、直ちに『菊間屋』の身代を、『備前屋』に移すことはできない。

ただ、町奉行が決裁をする前に、担当与力に何度か呼び出されて、双方の言い分を聞きながら、解決に向かう。その際、町年寄や町名主の立ち会いも必要なので、他人を巻き込むことになるし、お互いに厄介続きになるのである。

しかし、巳左衛門は、油問屋仲間肝煎りとしての権限がある。『菊間屋』の女主人と自称している美里を、

――株を持っていないにも拘わらず、油問屋組合仲間を騙して、営業を続けていた。

という理由で、株の返還を求めた。つまり、営業権がないのに、勝手に商売をしていたという訴えを、逆に起こしたのである。

もし、巳左衛門の訴えが〝仮処分〟の形でも認められると、町奉行による本裁決が定まるまでは、『菊間屋』は営業ができなくなる。事実上、株は問屋仲間預かりとなるのだ。

ただし、この訴訟は、巳左衛門ひとりでできるものではなく、問屋組合の寄合による合議によって決められる。これまで、長年、『菊間屋』のことを問屋仲間として認めて、付き合ってきていたのだから、今更、

――『菊間屋』のことなど知らぬ。

とは誰も言えないであろう。しかし、それでも巳左衛門は肝煎りであり、現実に

『菊間屋』の跡取り息子がいるにも拘わらず、姉が勝手に商売をしていることは、理不尽な行為でもあるのだ。

寄合としては、しばらく暖簾を出さずに、町奉行所の裁可を待てばよい、ということで落ち着いた。実際は、『菊間屋』は商売ができない日々が続くのである。

「こんな理不尽なことがあって、いいのでしょうか……まったく許せません」

美里はあらゆる伝手を頼って、北町奉行に直談判したいと番頭の五兵衛に切実に語っているところへ、ぶらりと十兵衛が来た。

「これは、月丸様……」

「色々と厄介事が増えたようだな」

店は此度の騒ぎのせいで、客足が遠のいたのか閑散としていた。

「あの愚かな弟のせいで、とんだ目に遭っております」

「ならば、やはりあの宵に、助けるのではなかったかな……どうやら俺の目も節穴のようだ。見る目がなかった」

「いえ……そういうつもりは……」

「俺の弟ならぶった斬りたくもなるが、あれで憎めぬところがあるのではないか？なのに、たったひとりの弟を見捨てるのは、あんまりではないか」

「…………」

「『備前屋』は本気ではないとしても、その後ろ盾になっている者は、血も涙もない。あっさりと貞次郎を殺すかもしれぬぞ」

「後ろ盾……？」

不安げに潤った瞳になる美里は、たしかに美しいと十兵衛は思った。巳左衛門が入れ上げる気持ちも分からぬではない。だが、それなら、きちんと口説けばよいものを、金や店のことに託《かこつ》けて、つい乱暴に迫ってしまったのであろう。女に本気で惚れたことがないのかもしれぬ。

「聡明《そうめい》な美里さんなら、分かると思うのだがな……『備前屋』があれだけ大きな商いができるのは、公儀普請に関わってきたからだ。また新たに東照宮改修と日光街道の権益について、作事奉行に賄賂を渡していることは、あなたも分かってるだろう」

「はっきりとは……」

「その代わり、公儀から莫大な収益を得て、それをまた株仲間の有力な者たちにも配る。肝煎りの座にいるためには、必要な金なのかもしれぬが……商人が果たして、それでよいのかな」

「…………」

「俺はそんな大層なことを言える柄じゃないが、義理だの人情などがなくなったら、この世はお終いだってことだ。あんたが信じているとおり、北町奉行の榊原様は、道理も人の情も分かっている人だ。なんなら、俺が筋道を作ってもいいぜ」

「ええッ。本当ですか？」

十兵衛は頷いて、穏やかな目を美里に向けた。

「人の弱みにつけこんで、悪事を繰り返す輩が、榊原様は大嫌いだということだ」

「…………」

「もっとも、弟に温情の欠片《かけら》もない姉を、どう思うか。それも気になるがな」

しばし、十兵衛を見つめ返していた美里は、不思議そうに目を細めて、

「──月丸様は……お奉行様とは一体、どういう……」

と訊いたが、その仲については語らず、

「はっきり言って好きな奴ではない。鼻持ちならぬ奴だ。だが、正義漢であることは間違いないらしいから、美里さんの話も真摯《しんし》に耳を傾けると思うがな」

そう励まして、美里の背中を押した。

翌日には、町奉行所への呼び出し状が来て、美里は単身、榊原自身と詮議所にて会うことができた。

さすがに緊張で体中に汗が噴き出してくるのを感じるが、榊原は穏やかな笑みを湛《たた》えていた。傍らには、書物同心がいて、ふたりの話をさらさらと達筆で記していた。

「父が亡くなってから、ずっと私が『菊間屋』を切り盛りしていました。もちろん、番頭の五兵衛や手代たちがあってのことです。でも、あのバカ……いえ、弟の貞次郎は、勝手に家を飛び出して、何処で何をしていたか、三年もの間、音信不通だったのです。それが戻って来たと思ったら、『備前屋』のお先棒担ぎみたいなことをして、本当に困ったものです」

「お先棒担ぎ……?」

榊原はわずかに前のめりになって、

「それは、どういう意味かな」

「早い話が、『菊間屋』を売ろうってことです。父が残した大切な店を」

「たしかに……問屋株を金で買ったり、強引に鑑札の裏書きを変えるのは、〝禁じ手〟である。本来、商売は一代限り。代々、暖簾を引き継ぐというのは、しかるべき手続きを取ってやらねばならぬ」

「はい。承知しています。だからこそ、『備前屋』さんのやり方には、困っているのです。しかも、腑抜《ふぬ》け同然の弟を利用するなんて、とんでもないことです」

「だが……」

短い溜息をついて、榊原は申し訳なさそうに言った。

「すでに、町奉行所としては、『菊間屋』と『備前屋』が一緒になる許しを出してしまっておる。昨日のことだ」

「ええ!?」

「『備前屋』巳左衛門と貞次郎が一緒に奉行所へ訪れて来て、担当与力に鑑札と株の譲渡を申し出てきたのだ。当家の主人が赴いて来たのだから、すぐに判断したのであろう」

「そんな、バカな話が……」

思わず腰を浮かした美里に、榊原は少し強い言葉で、

「控えろ、『菊間屋』。ここは、お白洲も同然であるぞ」

「も……申し訳ございません……」

榊原は改めて、美里の顔を覗き込むように、

「わざわざ呼び出したのは他でもない。おまえに、その意思があるかどうかだ」

「その意思というのは……?」

「むろん、ふたつの問屋が一緒になることについてだ。担当与力が許しを出したとは

いえ、実質、店を営んでいるのはおまえだ。この榊原が裁くまでは、本決まりではない。おまえは、どうしたいのだ」

「私は……私は嫌でございます。『備前屋』と一緒になるのは」

「その訳は」

「………」

「訳を申してみよ」

迫るように言う榊原に、美里は小さく頷いて、

「立場は『備前屋』さんの方が上ですし、店構えも立派ですが、おそらく身代は、うちの方が大きいと思います。これは私が為したものではなく、父が残したものが多かったからです。ですが……『備前屋』の巳左衛門さんは、色々なことにお金を使い過ぎて、随分と先代が残したものを減らしてしまい、困っているのだと思います」

「色々なことに、とは？」

「新たに油を精製する作業場を作ったり、買い付け相手を広げたり、安く売りすぎたために損をしたこともあるでしょう。何より……」

美里は少し言い淀んだが、

「何より……賄賂を使いすぎたのだと思います」

「賄賂、な。その言葉を待っていた」

したり顔になって、榊原は目を輝かせた。

「身共が聞きたかったのは、それだ……吟味方与力が調べたところでは、問屋仲間の他の者たちは、知らぬ存ぜぬだ。金を貰っている身としては、自分の身が危うくなるから、否定するしかあるまいがな」

「でしょうね……」

「知っていることがあれば、お白洲にて話す覚悟があるか」

「私が……」

「さよう。下手をすれば、問屋仲間をみな敵に廻すやもしれぬ。だが、『菊間屋』が存続するためには、『備前屋』をなくすことがよかろう。正直に話せば……巳左衛門の後ろで糸を引いている作事奉行の大久保篤徳を燻《いぶ》り出すことができる」

「――大久保様が……！」

「勘づいておったのであろう？　おまえの知ってることで構わぬ。正直に話せば、『菊間屋』の暖簾が残るよう尽力しよう」

確約すると、榊原は念を押した。

「これは……取り引きでございますか」

「そう思って、結構」

「他の油問屋はどうなりますか」

「おまえの話を聞いてからの態度如何《いかん》だな。巳左衛門を恐れて従っていただけの者もおろう。悔い改めれば、これまでどおり商いができるよう計らう所存だ」

「…………」

「どうした。それこそ、おまえを追い詰めた奴らだぞ、問屋仲間の連中は」

「はい……」

自分の店の暖簾と引き替えに、問屋仲間の不行跡をあげつらうことが、美里には心苦しかったのであろう。その内心を覗き見たように、榊原は言った。

「おまえは何ひとつ悪いことはしておらぬ。しかし、このままでは油問屋組合の独り占めによって、油の値が急騰するのは必至。そのことに荷担することになる。それでも、おまえの商人としての心は痛まぬか」

美里が困惑して俯くと、榊原は厳しい声になって、

「今すぐにとは言わぬが、事は急ぐ。使いを出す故、今日中に考えを示して、まずは書面にて届けるがよい。分かったな」

と半ば強引に言い渡した。

八

店に戻った美里に届いていたのは、

『弟の命が惜しくば、すみやかに鑑札を持参せよ』

という脅し文だった。誰が差し出したか書いていないが、巳左衛門であることは分かっていた。すでに町奉行所から許しまで出ているにも拘わらず、ここまで強引に迫って来るとは、『備前屋』にもよほど切羽詰まったものがあるに違いない。

腹が立つよりも悲しくて涙が出そうになった美里に、五兵衛は寄り添うように、

「女将さん……この際、貞次郎さんのことは、すべて許してあげたらどうでしょう
……お気持ちは痛いほど分かりますが……」

「私もできれば、そうしてやりたいのは山々ですがね。あの調子じゃ……」

「でも、こうやって脅し文が……本当に殺されたりしたら、世間からは、女将の方が悪く思われますよ」

「…………」

「ねえ、女将さん……」

腹の底から心配そうに見つめる五兵衛に、美里は小さく頷いて、

「もしかしたら、貞次郎をあんなふうにしたのは、この私かもしれないねえ」

「…………」

「ずっと父は男の子が欲しかったけれど、なかなか恵まれなかった……ようやく貞次郎が生まれたのは私が十歳のとき……玉のように可愛かった。父も大層喜んだけれど、おまえも知ってのとおり母の産後の肥立ちが悪く……」

「ええ。あのときは、本当に辛かった。でも、まだ子供だった女将は気丈に、旦那様を励ましていたのを覚えてますよ……これからは、私がおっ母さんの代わりをする。だから元気を出してって……」

「…………」

「その言葉どおり、女将は貞次郎さんの母親代わりもして、おんぶやだっこ、夜泣きをする貞次郎さんをなだめたり、おむつのとっかえ……大きくなっても、寺子屋への送り迎えや色々な面倒を見てた」

「当たり前のことです」

そう返したものの、美里は悲嘆に暮れた目になって、

「なのに、あの子は感謝するどころか、反発ばかり……でも、それは……母親がいな

いからって、悪いことをしてもきちんと叱らなかった私のせいですね……人としての太い軸があの子にはないままなんです」

「女将だけのせいじゃありませんよ。先代から仕えてる番頭の私もよくない。他の手代たちもそうだろうし……それこそ先代だって、少々、甘かった。跡継ぎの自覚を教えぬままに他界しましたしね」

「………」

「お陰で、女将は苦労に苦労をし、良縁があったけれども、それを断ってまで、女の身ひとつで頑張ってきた」

「それでも、貞次郎があそこまで、ひん曲がったのは、私のせいです……」

美里は文机の前に座ると、すぐさま榊原奉行に対して筆をしたためて封をすると、

「これを、町奉行所から使いが来たら、渡しておいておくれ」

とだけ言ってスッと立ち上がった。

「何をするつもりで、女将？」

「案ずることはありません。巳左衛門さんにきちんと話をするだけです……五兵衛さん。もし、『菊間屋』の暖簾がなくなるようなことがあっても、みんなの暮らしは私が守る。だから、ずっと助けて下さいね」

「水臭いことを言わないで下さい。先代の恩義に報いることこそが、私の命の使い道なんですからね……」

決然と店を後にした美里は、自らそう遠く離れていない『備前屋』に来た。軒の高さは法で決められているが、間口は『菊間屋』に比べても随分と広い。

奥の座敷に通された美里は、巳左衛門の顔を見るなり、

「貞次郎を返して下さい。あんなバカでも、私の可愛いたったひとりの弟。父にとっては愛しい忘れ形見ですからね」

「では、鑑札を……」

「奉行所に届け出て認められたのでしょ？　その差配に私は従います。そして、あなたがお望みならば、私が嫁に入っても構いません」

覚悟を決めたように言うと、巳左衛門は少し驚いた顔になったが、今度は疑《うたぐ》り深い目になって、

「どういう風の吹き廻しですかな」

「あのような脅し文が寄せられれば、嫌とは言えますまい」

「……なるほど、姉弟《きょうだい》の情けという奴ですな……でも、本気なのですか？　私の妻になってもよいと」

「そのつもりで参りました」

「だったら話が早い……初めから、そう言ってくれてれば、面倒なことはせずに済んだのですがね」

「貞次郎は何処です」

美里の問いかけに、巳左衛門はすぐには答えなかった。

「では、鑑札から……」

「弟の無事な姿を見るのが先です」

「夫になる男を信頼できないのですかな」

「どこなのですか……まさか、もう殺したンじゃ！」

「――慌てなさんな……おい」

隣の部屋に向かって声をかけると、桑原たち浪人が、顔や手足、全身が傷だらけの貞次郎を引きずって出て来た。

「さ、貞次郎！」

「姉貴……へへ、様《ざま》アねえや……」

貞次郎は唇も腫《は》れていて、きちんと喋ることができない。思わず駆け寄った美里は、青痣《あおあざ》になって腫れている顔を、愛おしそうに撫でながら、

「なんで、こんなことを……巳左衛門さん！」

と食らいつくような目で振り返った。

「『菊間屋』を渡せと言ったら、やっぱり嫌だ。姉貴に申し訳ないなどと、殊勝なことを言い出しやがるから、ちょいと痛い目に遭わせただけだよ」

「町奉行所にも無理矢理、連れて行ったんですね」

「言うことを聞かなかったら、姉貴を手籠めにするぞと脅したら、素直に言うことを聞きやがった。貞次郎は、おまえさんが思っているほどバカな弟じゃないぜ」

「酷い、巳左衛門さん。あなた、いつから、ならず者になったのですか。お父様に恥ずかしくないのですかッ」

巳左衛門は鼻で笑って、

「商人はね、稼いでなんぼだ。世のため人のためと綺麗事を言ってても、金がなければ誰にも相手にされないんだよ。江戸の油問屋は私が仕切る。美里、おまえは女なんだから、大人しく、私に従っておればいい」

と言うなり、美里を貞次郎から引き離して、床に組み伏せた。必死に抵抗しようとするが、浪人たちが手足を押さえつけた。

「やめろ！　姉貴に指一本触れたら、俺が承知しねえぞ！　やめろ！」

悲痛に叫ぶ貞次郎もまた、浪人たちに羽交い締めにされた。巳左衛門はケタケタと笑いながら羽織を脱ぎ捨てて、

「これが、『菊間屋』と『備前屋』がひとつになる儀式だ。貞次郎、その目で、しかと見ておくがいい」

とニヤけた顔で、美里の裾を捲《めく》った。白い足が露わになったとき、

――ドヤドヤ。

数人の同心と捕方が十数人、押し込んで来た。先頭は久保田万作であり、伊蔵ら岡っ引きも捻《ねじ》り鉢巻きに襷がけ姿であった。

「刃向かう者は斬る！　おとなしく縛《ばく》につくがよいッ」

久保田が野太い声を上げると、浪人たちは刀を抜き払って抵抗しようとしたが、巳左衛門は捕方が六尺棒で取り押さえ、あっという間に縄で縛ってしまった。

「やめろッ。私が何をしたというのだ！」

大暴れしようとする巳左衛門の額に、伊蔵がビシッと十手を打ちつけて、

「恥を知りやがれッ。てめえなんざ、お白洲で、こってり搾られるがいいぜ、おい」

と罵った。

逃げようとする浪人たちも、刺股《さすまた》や突棒《つくぼう》、袖がらみなどで悉《ことごと》く取り押さえられて、

奉行所へ連れていかれた。

その夜――。

作事奉行・大久保篤徳の屋敷には、編笠の浪人が訪ねてきた。門番が追い返そうとしたが、老中からの火急の使いということで〝割り符〟を差し出されたので、繋いだところ、大久保は速やかに座敷に通した。

編笠を取って、大久保の前に座ったのは、有馬である。だが、大久保にはまったく気づく様子はなかった。

「して、火急の用とは何でござるかな」

「『備前屋』からの賄賂について……だが、その前に、この顔に覚えはないかな」

「なに……？」

「おぬしとは、江戸城中の芙蓉《ふよう》の間で顔を合わせて、色々と公儀普請について話をしたものだがな」

「え……」

凝視していたが、大久保は首を傾げるばかりであった。

「そんなに人相が変わったかのう……若年寄・有馬伊勢守忠輔だ」

「有馬……ま、まさか⁉」

仰天して倒れそうになった大久保に、有馬は声をひそめて、

「化けて出たわけではない。おぬしが私を襲ったわけではないからな……ただ、悉く、反発して、足を引っ張られた怨みは、少々、残っておる」

「だ、誰か……で、出会え……」

怒鳴ろうとしたが声にならない大久保に、

「もし、生まれ変わるとしたら、何がよいかな？　町人か百姓か……それより、もっと勝手気儘《きまま》に暮らせる鳥や魚がよいか」

「ほ、本当に有馬様ですか……生きていらしたのですか……信じられぬ……」

「旗本も作事奉行も辞めるしかなかろう。だが、表沙汰になれば、困る者も多いのでな。それに、死にたくはなかろう」

「ど、どういう意味だ……」

「私もこうして、別の人生を歩んでおる。おぬしにも、その機会を与えてやるよって、好きな道を選べ」

「う、噂は……本当だったのですね……」

「噂……」

「有馬様は実は生きていて、江戸の〝掃除〟をしていると……」

それには何も答えずに、有馬は閻魔のような目つきで、大久保を睨みつけ、

「すでに、『備前屋』巳左衛門らは、町奉行の榊原の手によって、刑を科せられることは決まっておる。奴らはすべてを話したぞ。だから、おそらく死罪にはならぬゆえ、まだ人として生き直せる機会がある。だが、おまえは評定所にかけられれば、切腹しかない。さあ、どっちを選ぶ……潔く切腹するなら、私は止めぬ」

「だ、黙れ……」

「往生際はよくするがよい。こっちは、命だけは助けてやると言っておるのだ」

大久保はすべてを理解したのか、ぶるぶると震え出した。

「死ぬのは御免だ……」

「そうか……ならば別人になって、佐渡金山で働くくらいはできるかのう」

「さ、佐渡……！」

「生きていれば、悔い改めて、やり直すこともできよう。それを望むならば、叶えてやってもよい……俺の手下の忍びふたりを、隅田川で消そうとしたことも明白なのだ。もっとも次郎吉も香澄も腕利きの忍びゆえな……生きていて、おまえの動きを探っていた」

次郎吉はしばらく船底の下に張りついて姿を隠し、香澄はわざと血粒を撒いて逃げたことを、有馬は一々、語らなかったが、

「私はおまえを、この場で斬り捨てたいくらいだがな……命の一滴を大切にせい」

「…………」

がっくりと項垂《うなだ》れた大久保は、もはや逃れようのない我が身の哀れを知って、さめざめと泣き崩れた。

数日後——江戸の空は晴れ渡っていた。

谷中富士見坂からも、遥か遠くに冠雪を被った富士山が見える。

洗い張りの看板が、すっかり冷たくなった風に揺れていて、店の中では、いつものように、十兵衛が火熨斗で着物の皺を伸ばしている。その湯気が舞う外に、隠居姿の有馬が現れた。

「礼を言うぞ、十兵衛……あれでも、私の元手下でな……金の亡者だったから、佐渡の金山は性に合うであろう」

「……何の話かな」

「たまには、囲碁でもどうだ。〝禁じ手〟は使わぬゆえ」

「当たり前のことを言いなさんな」

「だが、おまえは使った……『菊間屋』と『備前屋』は一緒になって、しかも主人は、貞次郎ときたもんだ」

「さあ、知らぬ。町奉行が決めたことだ」

「どうやって、口説いた。榊原を」

「自分でそれがよいと思ったのだろうよ。ま、これで、美里も安心して嫁に行ける。実は、前々から惚れた男がいたそうでな」

「誰だ、それは」

「俺の知ったことじゃない。目障りだ。店の前から消えてくれ」

十兵衛は無愛想に言うと、火熨斗の仕事を続けた。

「ふむ……嫌われたものだな……」

有馬は背中を向けて、富士見坂を下って行ったが、その代わり、ひょっこりと次郎吉が顔を出した。

「旦那。今日からは、俺も〝洗い張り屋〟を手伝うから、弟子にしてくれ。ついでに、洗濯女もな」

次郎吉の後ろから、町娘姿の香澄がにっこりと微笑みかけた。

「……つまりは、俺の見張りか。相変わらずだな、あの身勝手なご隠居は」

「そうじゃねえよ。俺は、あんたのやり口にちょいと惚れたんだ。この香澄なんざ、本当はもうめろめろだぜ。なあ」

と振り返った次郎吉に、香澄は恥じらいの顔を見せた。

「――ふん。勝手にしろ」

無表情のままで十兵衛が言うと、ふたりは待ってましたとばかりに、窮屈な店の中に入り込んできて、散らかった洗い物を片付けはじめた。

秋風はすっかり冷たくなって、北風に変わってきた。紅葉もちらちらと散って、富士見坂の石畳が赤く色づいていた。

井川香四郎　著作リスト

	作品名	出版社名	出版年月	判型	備考
1	『飛蝶幻殺剣』	廣済堂出版	○三年十月	廣済堂文庫	
2	『飛燕斬忍剣』	廣済堂出版	○四年二月	廣済堂文庫	
3	『くらがり同心裁許帳』	KKベストセラーズ	○四年五月	ベスト時代文庫	
4	『晴れおんな　くらがり同心裁許帳』	KKベストセラーズ	○四年七月	ベスト時代文庫	

5	『縁切り橋　くらがり同心裁許帳』	ＫＫベストセラーズ	〇四年十月	ベスト時代文庫	
6	『おっとり聖四郎事件控　あやめ咲く』	廣済堂出版	〇四年十月	廣済堂文庫	
7	『逃がして候　洗い屋十兵衛　江戸日和』	双葉社 徳間書店	〇四年十二月 一一年三月	双葉文庫 徳間文庫	
8	『無念坂　くらがり同心裁許帳』	ＫＫベストセラーズ	〇五年一月	ベスト時代文庫	
9	『けんか凧　暴れ旗本八代目』	徳間書店	〇五年四月	徳間文庫	
10	『まよい道　くらがり同心裁許帳』	ＫＫベストセラーズ	〇五年四月	ベスト時代文庫	

11	『ふろしき同心御用帳　恋の橋、桜の闇』	学習研究社	〇五年五月	学研M文庫	
12	『恋しのぶ　洗い屋十兵衛　江戸日和』	双葉社 徳間書店	〇五年六月 一一年五月	双葉文庫 徳間文庫	
13	『刀剣目利き神楽坂咲花堂　秘する花』	祥伝社	〇五年九月	祥伝社文庫	
14	『ふろしき同心御用帳　情け川、菊の雨』	学習研究社	〇五年九月	学研M文庫	
15	『見返り峠　くらがり同心裁許帳』	KKベストセラーズ	〇五年九月	ベスト時代文庫	
16	『天翔《あまかけ》る　暴れ旗本八代目』	徳間書店	〇五年十一月	徳間文庫	

17	『残りの雪　くらがり同心裁許帳』	KK ベストセラーズ	〇六年一月	ベスト時代文庫	
18	『刀剣目利き神楽坂咲花堂　御赦免花』	祥伝社	〇六年二月	祥伝社文庫	
19	『船手奉行うたかた日記　いのちの絆』	幻冬舎	〇六年二月	幻冬舎文庫	
20	『遠い陽炎　洗い屋十兵衛　江戸日和』	双葉社 徳間書店	〇六年三月 一一年七月	双葉文庫 徳間文庫	
21	『刀剣目利き神楽坂咲花堂　百鬼の涙』	祥伝社	〇六年四月	祥伝社文庫	
22	『泣き上戸　くらがり同心裁許帳』	KK ベストセラーズ	〇六年五月	ベスト時代文庫	

23	『ふろしき同心御用帳 残り花、風の宿』	学習研究社	〇六年五月	学研M文庫	
24	『はぐれ雲 暴れ旗本八代目』	徳間書店	〇六年六月	徳間文庫	
25	『刀剣目利き神楽坂咲花堂 未練坂』	祥伝社	〇六年九月	祥伝社文庫	
26	『船手奉行うたかた日記 巣立ち雛』	幻冬舎	〇六年十月	幻冬舎文庫	
27	『大川桜吹雪 金四郎はぐれ行状記』	双葉社	〇六年十月	双葉文庫	
28	『落とし水 おっとり聖四郎事件控』	廣済堂出版	〇六年十月	廣済堂文庫	

34	33	32	31	30	29
『刀剣目利き神楽坂咲花堂　恋芽吹き』	『船手奉行うたかた日記　ため息橋』	『仕官の酒　とっくり官兵衛酔夢剣』	『権兵衛はまだか　くらがり同心裁許帳』	『冬の蝶　梟与力吟味帳』	『荒鷹の鈴　暴れ旗本八代目』
祥伝社	幻冬舎	二見書房	KKベストセラーズ	講談社	徳間書店
○七年二月	○七年二月	○七年一月	○六年十二月	○六年十二月	○六年十一月
祥伝社文庫	幻冬舎文庫	二見時代小説文庫	ベスト時代文庫	講談社文庫	徳間文庫

35	『ふろしき同心御用帳　花供養』	学習研究社	〇七年三月	学研M文庫	
36	『刀剣目利き神楽坂咲花堂　あわせ鏡』	祥伝社	〇七年四月	祥伝社文庫	
37	『おっとり聖四郎事件控　鷹の爪』	廣済堂出版	〇七年四月	廣済堂文庫	
38	『山河あり　暴れ旗本八代目』	徳間書店	〇七年五月	徳間文庫	
39	『仇の風　金四郎はぐれ行状記』	双葉社	〇七年六月	双葉文庫	
40	『日照り草　梟与力吟味帳』	講談社	〇七年七月	講談社文庫	

46	45	44	43	42	41
『不知火の雪　暴れ旗本八代目』	『ちぎれ雲　とっくり官兵衛酔夢剣』	『天狗姫　おっとり聖四郎事件控』	『ふろしき同心御用帳　三分の理』	『刀剣目利き神楽坂咲花堂　千年の桜』	『彩り河　くらがり同心裁許帳』
徳間書店	二見書房	廣済堂出版	学習研究社	祥伝社	ＫＫベストセラーズ
〇七年十一月	〇七年十月	〇七年九月	〇七年九月	〇七年九月	〇七年八月
徳間文庫	二見時代小説文庫	廣済堂文庫	学研Ｍ文庫	祥伝社文庫	ベスト時代文庫

47	『月の水鏡　くらがり同心裁許帳』	ＫＫベストセラーズ	〇七年十二月	ベスト時代文庫	
48	『冥加の花　金四郎はぐれ行状記』	双葉社	〇七年十二月	双葉文庫	
49	『忍冬　梟与力吟味帳』	講談社	〇八年二月	講談社文庫	
50	『呑舟の魚　ふろしき同心御用帳』	学習研究社	〇八年二月	学研Ｍ文庫	
51	『花詞　梟与力吟味帳』	講談社	〇八年四月	講談社文庫	
52	『刀剣目利き神楽坂咲花堂　閻魔の刀』	祥伝社	〇八年四月	祥伝社文庫	

53	54	55	56	57	58
『ひとつぶの銀　ほろり人情浮世橋』	『雪の花火　梟与力吟味帳』	『斬らぬ武士道　とっくり官兵衛酔夢剣』	『金底の歩　成駒の銀蔵捕物帳』	『船手奉行うたかた日記　咲残る』	『怒濤の果て　暴れ旗本八代目』
竹書房	講談社	二見書房	角川春樹事務所	幻冬舎	徳間書店
〇八年五月	〇八年五月	〇八年六月	〇八年六月	〇八年六月	〇八年八月
竹書房時代小説文庫	講談社文庫	二見時代小説文庫	ハルキ文庫	幻冬舎文庫	徳間文庫

59	『高楼の夢　ふろしき同心御用帳』	学習研究社	〇八年九月	学研M文庫	
60	『秋螢　くらがり同心裁許帳』	KKベストセラーズ	〇八年九月	ベスト時代文庫	
61	『甘露の雨　おっとり聖四郎事件控』	廣済堂出版	〇八年十月	廣済堂文庫	
62	『もののけ同心　ほろり人情浮世橋』	竹書房	〇八年十一月	竹書房時代小説文庫	
63	『刀剣目利き神楽坂咲花堂　写し絵』	祥伝社	〇八年十二月	祥伝社文庫	
64	『海灯り　金四郎はぐれ行状記』	双葉社	〇九年一月	双葉文庫	

65	66	67	68	69	70
『海峡遙か　暴れ旗本八代目』	『赤銅の峰　暴れ旗本八代目』	『菜の花月　おっとり聖四郎事件控』	『それぞれの忠臣蔵』	『鬼雨　梟与力吟味帳』	『船手奉行うたかた日記　花涼み』
徳間書店	徳間書店	廣済堂出版	角川春樹事務所	講談社	幻冬舎
○九年二月	○九年三月	○九年四月	○九年六月	○九年六月	○九年六月
徳間文庫	徳間文庫	廣済堂文庫	ハルキ文庫	講談社文庫	幻冬舎文庫

71	『刀剣目利き神楽坂咲花堂　鬼神の一刀』	祥伝社	〇九年七月	祥伝社文庫	
72	『科戸の風　梟与力吟味帳』	講談社	〇九年九月	講談社文庫	
73	『紅の露　梟与力吟味帳』	講談社	〇九年十一月	講談社文庫	
74	『雁だより　金四郎はぐれ行状記』	双葉社	〇九年十二月	双葉文庫	
75	『ぼやき地蔵　くらがり同心裁許帳』	ＫＫベストセラーズ	一〇年一月	ベスト時代文庫	
76	『嫁入り桜　暴れ旗本八代目』	徳間書店	一〇年二月	徳間文庫	

77	『鬼縛り　天下泰平かぶき旅』	祥伝社	一〇年四月	祥伝社文庫
78	『惻隠の灯　梟与力吟味帳』	講談社	一〇年五月	講談社文庫
79	『風の舟唄　船手奉行うたかた日記』	幻冬舎	一〇年六月	幻冬舎文庫
80	『万里の波　暴れ旗本八代目』	徳間書店	一〇年八月	徳間文庫
81	『はなれ銀　成駒の銀蔵捕物帳』	角川春樹事務所	一〇年九月	ハルキ文庫
82	『おかげ参り　天下泰平かぶき旅』	祥伝社	一〇年十月	祥伝社文庫

83	『契り杯　金四郎はぐれ行状記』	双葉社	一〇年十一月	双葉文庫	
84	『釣り仙人　くらがり同心裁許帳』	KKベストセラーズ	一一年一月	ベスト時代文庫	
85	『男ッ晴れ　樽屋三四郎言上記』	文藝春秋	一一年三月	文春文庫	
86	『三人羽織　梟与力吟味帳』	講談社	一一年三月	講談社文庫	
87	『ごうつく長屋　樽屋三四郎言上帳』	文藝春秋	一一年四月	文春文庫	
88	『まわり舞台　樽屋三四郎言上帳』	文藝春秋	一一年五月	文春文庫	

89	『天守燃ゆ　暴れ旗本八代目』	徳間書店	一一年六月	徳間文庫
90	『闇夜の梅　梟与力吟味帳』	講談社	一一年七月	講談社文庫
91	『栄華の夢　暴れ旗本御用斬り』	徳間書店	一一年八月	徳間文庫
92	『花の本懐　天下泰平かぶき旅』	祥伝社	一一年九月	祥伝社文庫
93	『海賊ヶ浦　船手奉行うたかた日記』	幻冬舎	一一年十月	幻冬舎文庫
94	『月を鏡に　樽屋三四郎言上帳』	文藝春秋	一一年十一月	文春文庫

95	『龍雲の群れ　暴れ旗本御用斬り』	徳間書店	一一年十二月	徳間文庫	
96	『吹花の風　梟与力吟味帳』	講談社	一一年十二月	講談社文庫	
97	『福むすめ　樽屋三四郎言上帳』	文藝春秋	一二年一月	文春文庫	
98	『てっぺん　幕末繁盛記』	祥伝社	一二年二月	祥伝社文庫	
99	『土下座侍　くらがり同心裁許帳』	KKベストセラーズ	一二年三月	ベスト時代文庫	
100	『ぼうふら人生　樽屋三四郎言上帳』	文藝春秋	一二年四月	文春文庫	

101	『虎狼吼える　暴れ旗本御用斬り』	徳間書店	一二年四月	徳間文庫	
102	『召し捕ったり！　しゃもじ同心捕物帳』	学習研究社	一二年四月	学研M文庫	
103	『片棒　樽屋三四郎言上帳』	文藝春秋	一二年七月	文春文庫	
104	『ホトガラ彦馬　写真探偵開化帳』	講談社	一二年七月	講談社文庫	
105	『からくり心中　洗い屋十兵衛　影捌き』	徳間書店	一二年八月	徳間文庫	
106	『千両箱　幕末繁盛記・てっぺん2』	祥伝社	一二年十月	祥伝社文庫	

107	『蔦屋でござる』	二見書房	一二年十一月	二見時代小説文庫	
108	『雀のなみだ　樽屋三四郎言上帳』	文藝春秋	一二年十一月	文春文庫	
109	『うだつ屋智右衛門縁起帳』	光文社	一二年十二月	光文社文庫	
110	『泣きの剣　船手奉行さざなみ日記 一』	幻冬舎	一二年十二月	幻冬舎文庫	
111	『暴れ旗本御用斬り　黄金の峠』	徳間書店	一三年二月	徳間文庫	
112	『夢が疾る　樽屋三四郎言上帳』	文藝春秋	一三年三月	文春文庫	

113	114	115	116	117
『雲海の城　暴れ旗本御用斬り』	『海光る　船手奉行さざなみ日記　二』	『長屋の若君　樽屋三四郎言上帳』	『恋知らず　うだつ屋智右衛門縁起帳　二』	『隠し神　洗い屋十兵衛　影捌き』
徳間書店	幻冬舎	文藝春秋	光文社	徳間書店
一三年五月	一三年六月	一三年七月	一三年八月	一三年十月
徳間文庫	幻冬舎文庫	文春文庫	光文社文庫	徳間文庫

この作品は徳間文庫のために書下されました。

徳間文庫

洗い屋十兵衛 影捌き

隠《かく》し神《がみ》

2013年10月15日 初刷

著者 井《い》川《かわ》香《こう》四《し》郎《ろう》

発行者 岩渕徹

発行所 東京都港区芝大門二—二—二〒105—8055
株式会社徳間書店

電話 編集〇三(五四〇三)四三四九
販売〇四八(四五一)五九六〇

振替 〇〇一四〇—〇—四四三九二

印刷 製本 図書印刷株式会社

ISBN978-4-19-893724-9 (乱丁、落丁本はお取りかえいたします)

徳間文庫の好評既刊

井川香四郎

暴れ旗本御用斬り
虎狼吼える

書下し

「御命頂戴」という脅し文が、三河吉田藩主松平信明に届いた。彼は寛政の改革を担う幕閣の一人。信明への怨恨か、田沼意次一派の企みか？　そんななか、弟が辻斬りをしているとの噂を追及するため、信明は国元へ。右京は大目付として東海道を下った。

井川香四郎

暴れ旗本御用斬り
黄金の峠

書下し

元大目付の政盛も、孫の一挙手一投足に慌てふためく爺馬鹿な日々。ある日、孫が将棋の駒を飲んだと思い療養所に駆け込んだ。そこで出会った手伝いの娘が発する異様な雰囲気が気になり……。その頃右京は、内紛の真相を調べるため越前に潜入していた。